Заветные тайны нефритового целителя

Джэсмин Ли

Published by Джэсмин Ли, 2023.

Описание

В своей новой книге «Тайны нефритового целителя» автор погружает нас в глубокое эмоциональное путешествие Ву Цзяня, известного целителя, который стремится завоевать любовь своей преданной последовательницы Ли Миньи. Их история развивается на фоне древних обычаев и социальных ожиданий, и Ву Цзян вынужден искать баланс между своим профессиональным долгом и личными желаниями. Этот захватывающий роман поднимает читателей на волну эмоций, исследуя сложности, с которыми герои сталкиваются в поисках истинного счастья, такие как любовь, преданность и жертвы. Приготовьтесь к увлекательному погружению в мир страсти, тоски и глубоких эмоций человеческого сердца.

Где зажжется луна яркая? К синему небу я поднял руку.

Не знаю, в каком дворце звездном, какой год на небесах сегодня.

Ветра седло на мне, возвращение горячо желано,

Но в дворцах нефритовых, в башнях из слоновой кости холодно слишком.

Итак, я поднимаюсь и в танце с собственной тенью вижу,

Не сравнится ли с этим мир смертных наш путь?

По залу малиновому шагаю, ширмы вышитой прикасаясь,

Бессонные ночи сопровождает отражение ночное.

Почему луна полная становится полумесяцем, покидая нас, не обиды ли тут?

Радость и печаль, разлука и встреча, все чередуются на свету,

Луна приходит и уходит, неизменно с тех давних времен.

Я лишь желаю, чтоб люди жили и делились красотой лунного света,

Даже если нас тысячи миль разделяют, вечна будет связь наша.

Известный поэт времен династии Тан,
Ли Бай

Содержание

Герои:

Ву Цзян — Нефритовый Целитель, чье сердце пленила Ли Миньи.

Ли Миньи / Цзыхуа — преданный ученик Ву Цзяня.

Лин Ся — ревнивая девушка из Цинмея, которая безответно влюблена в Ву Цзяня

Ли Чэн — старший брат Ли Миньи.

Ли Сюан — младший брат Ли Миньи.

Леди Ли — мать Ли Миньи, элегантная и влиятельная женщина.

Ли Гуан — отец Ли Миньи

Чжан Сянью — поклонник Ли Миньи из знатной семьи.

Лян Сюэ — девушка, влюбленная в Чжан Сянью.

Чэн Мин — торговец, друг Ву Цзяня.

Глава 1
Безмятежные шаги нефритового целителя

Утро в Цинмей начиналось медленным пробуждением природы. С первыми лучами солнца, тихие звуки природы начинали наполнять воздух. Птицы начинали свое утреннее пение, создавая мелодичный концерт ветвями деревьев. В это время дня воздух был проникнут свежестью и ароматами цветов, расцветающих в садах и на полях. Жители маленькой деревни просыпались, готовясь к новому дню, и распахивали свои окна, чтобы впустить в домы тепло и свет.

Среди этой симфонии звуков и пестроты красок, прошествие одной фигуры привлекло внимание окружающих. Взгляды прохожих немедленно обратились к ней, восхищенные ее загадочностью и решительностью, которые она испускала. Это был Ву Цзян, почетный лекарь, чье имя звучало в каждом доме деревни.

Он шел размеренными шагами, проявляя свою непринужденную силу и мудрость в каждом движении. В его глазах проступала глубина опыта и живительного сострадания. Ву Цзян был носителем традиций, хранителем древних рецептов и знаний, передаваемых из поколения в поколение. Люди, встречая его на своем пути, кланялись и приветствовали его с благоговением.

Высокий и худощавый, Ву Цзян был украшен аурой, которая притягивала других людей к нему, словно магнит. Их глаза, околдованные его загадочной глубиной и пронзительным взглядом, не могли оторваться от него. Он был природным обаятельным властителем, обладающим своей собственной притягательностью.

Одетый в струящиеся одежды из шелка цвета индиго, Ву Цзян стал олицетворением безмятежной элегантности окружающих пейзажей. Его наряд плавно принимал форму его тела, словно шелковый ветер играющий на вершине горы. Он восседал в своем облачном мире, где гармония цветов и оттенков переплеталась с его изящной осанкой.

Таким образом, Ву Цзян являлся воплощением гармонии природы и мастером эстетического великолепия. Его появление в любом месте означало приход утонченности и изящества, словно картина, которая оживала и окрашивала мир в своих собственных невероятных красках.

Репутация Ву Цзяня как целителя распространялась далеко за пределы деревни Цинмей. Его уникальные знания о лекарственных травах и древних методах лечения превосходили знания его сверстников, что принесло ему почетный титул "Нефритового целителя".

Его искусство лечения было неотразимо, и его способность облегчать страдания и восстанавливать надежду в тех местах, где она казалась утраченной, была чудотворной. Он принимался за дело, от обычных недомоганий до опасных и таинственных заболеваний, с любовью и самоотверженностью, которые были неотделимы от его натуры.

Люди путешествовали сюда издалека, чтобы проконсультироваться с Ву Цзянем, ибо они знали, что в его руках исцеление становилось возможным. Он был последней надеждой для многих, олицетворением света во тьме, и его пациенты отдавались ему с благодарностью и верой, доверяя свою жизнь его мудрости и искусству.

Когда Ву Цзян прогуливался по улицам, на его губах играла легкая улыбка, пропитанная искренним удовлетворением. Эта улыбка отражала цель его жизни — облегчение человеческих страданий.

За маской сострадания, которую носил Ву Цзян, скрывался груз его собственных внутренних битв. В глубине его сердца шевелилась тоска, тоска по чему-то неисполнимому.

Несмотря на всю его мудрость и богатый опыт, Цзянь все еще ощущал глубокое одиночество, которое стало его постоянным спутником. Он носил на своих плечах тяжесть чужой боли и страданий, но не всегда мог найти утешение для себя. В глубине его души кипела неразрешимая дилемма между служением людям и собственным спокойствием. Он был пленником своего призвания, и его душа волновалась от неизбежности потерь, которые неизбежно возникали в процессе исцеления других.

По мере захода солнца, его янтарное сияние окутывало деревню, а в душе Ву Цзяня рождалось ощущение, что его судьба готовится вывести его за пределы Цинмея. Он не предполагал, что его путь скоро пересечется с человеком, чье присутствие разожжет в нем пламя, одновременно пленительное и опасное.

Когда луна бросила свое серебристое сияние на деревню Цинмей, Ву Цзян, Нефритовый Целитель, почувствовал себя поглощенным беспокойным ожиданием. Наступающий рассвет обещал новый день, и он знал, что пришло время пополнить запасы лекарств лесными сокровищами.

С первыми лучами рассвета Ву Цзян поднялся со своей скромной постели, его разум уже гудел от предстоящих задач. Утренний туман окутал деревню, рисуя неземной фон для его путешествия в лес. В ранние часы, когда мир еще был окутан дремотой, лес раскрыл свои самые могущественные тайны.

Вооружившись плетеной корзиной и своей надежной тростью, Ву Цзян со спокойной решимостью отправился в путь. С каждым шагом он приближался к сердцу лесного заповедника, его чувства обострились, настраиваясь на симфонию пробуждения природы.

По мере углубления Ву Цзяня в лес, атмосфера наполнялась ароматом свежей росы, омывающей листья и землю. Шелест существ и мелодичные песни птиц стали его верными спутниками в этом одиноком паломничестве.

Острые глаза Цзяня неустанно просматривали зеленый ландшафт, искавшие красноречивые признаки редких трав и лекарственных растений. Он знал, что каждый лист, каждый цветок и корень мог хранить в себе секреты здоровья и исцеления. Он был мастером распознавания, чьи глаза обладали способностью обнаруживать целебные дары природы.

С опытной грацией мудростью, Ву Цзян сорвал нежные лепестки и осторожно вырвал целебные корни из земли. Всегда он помнил о поддержании хрупкого баланса щедрости природы, не причиняя ей вреда. Каждая собранная им трава была спасительным кругом, обещанием облегчения и омоложения для тех, кто доверился его заботе.

Время, казалось, остановилось в безмятежных объятиях леса, когда корзина Ву Цзяня наполнилась сокровищами лесного царства. Чувство удовлетворения согревало его сердце, ведь он знал, что с каждой собранной травой он был на шаг ближе к облегчению страданий своих пациентов.

С корзиной, наполненной целебными дарами природы, Ву Цзян возвратился в Цинмей, готовый принести утешение и надежду тем, кто в них нуждался. Когда Ву Цзян вышел из леса, восходящее солнце приветствовало его своими золотыми лучами, освещая его усталое, но довольное лицо.

Погруженный в спокойствие своей лесной экспедиции, Ву Цзян ощутил нарушение гармонии природы, которое привлекло его внимание. Шорох листьев и приглушенный плач смутили его и направили к неожиданной встрече. Приблизившись, его глаза расширились от благоговения и недоверия.

Глава 2
Судьбоносная встреча

Среди пятнистого солнечного света, проникающего сквозь навес, лежала раненая фигура — эфирное видение неземной красоты. Ву Цзян не мог не быть очарован ее тонкими чертами лица и грацией, с которой она держалась даже в таком состоянии. Время, казалось, остановилось, когда он увидел перед собой это очаровательное зрелище.

Придя в себя, Ву Цзян сосредоточился на ее состоянии. Стоя на коленях рядом с раненой девушкой, он увидел пятна крови на ее развевающейся одежде, ее лицо выражало боль и уязвимость. Нежным прикосновением он оценил ее раны, его руки двигались с точностью целителя, отточенной годами практики.

Опираясь на свою коллекцию лекарственных трав, Ву Цзян осторожно использовал лекарства, чтобы облегчить ее боль и помочь в процессе заживления. Его опытные руки ласково касались ее тела, передавая исцеляющую силу, а его внимательные глаза отражали сострадание и заботу. Его сердце наполнилось состраданием, когда он почувствовал негласную связь между ними, выходящую за рамки простой случайности.

В этот момент Ву Цзян понял, что их встреча была необычным событием. Лес, словно замышляя план, сговорился свести их вместе, переплетая их судьбы в полотно, сотканное из нитей исцеления, красоты и невидимой связи. Он ощущал магию этого момента, когда их судьбы пересеклись.

Ву Цзян поднял свои глаза и посмотрел на неё, на его лице отразилось беспокойство. «Простите меня, Вы в порядке? Как вас зовут? Как вы сюда попали?» — спросил он мягко, в его голосе слышалась нежность.

Она посмотрела на него снизу вверх, в ее глазах отражалась смесь замешательства и благодарности. — «Я... я не помню», — прошептала она нежным, как шепот ветерка, голосом.

Брови Ву Цзяня нахмурились с сочувствием. — «Вы не помните, как оказались здесь?»

Она покачала головой, выражение ее лица наполнилось оттенком печали. — «Я ничего не помню...»

Сострадание Ву Цзяня усилилось, его голос успокаивал. «Не бойтесь, теперь Вы в безопасности.»

Проблеск доверия и облегчения осветил ее глаза, когда она посмотрела на Ву Цзяня, находя утешение в его присутствии. — «Спасибо», — пробормотала она, в ее голосе звучала смесь благодарности и уязвимости. «Я благодарна за Вашу доброту».

Вместе они сидели в безмятежном лесу, Ву Цзян с деликатной заботой лечил ее раны. Они мало говорили, их молчание было наполнено общим пониманием, которое превосходило слова. Ухаживая за ней, он не мог не чувствовать связь — необъяснимую связь, которая не поддавалась объяснению, но казалась несомненно реальной.

Когда их встреча в лесу подошла к концу, Ву Цзян сделал сердечное предложение. «Если Вам больше некуда идти, я приветствую Вас в моей скромной обители», — мягко предложил он. Проблеск признательности вспыхнул в ее глазах, когда она приняла его приглашение.

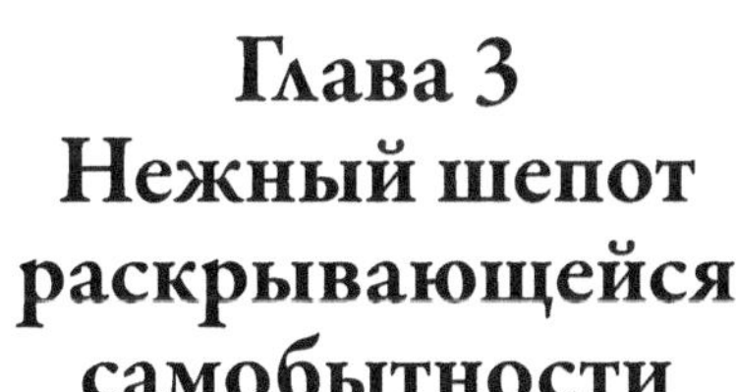

Глава 3
Нежный шепот
раскрывающейся
самобытности

Дом Ву Цзяня расположился среди объятий щедрой природы, святилище спокойствия, которое манило утомленные души. Когда они вошли в дверь, их охватило ощущение безмятежности, как будто сами стены шептали истории об утешении и исцелении.

Мягкий рассеянный свет проникал сквозь тонкие занавески, отбрасывая нежное сияние на изношенные деревянные полы. В воздухе витал тонкий аромат лекарственных трав, что свидетельствовало о преданности Ву Цзяня своему делу. Искусные свитки украшали стены, изображая изящный размах пейзажей и причудливую красоту цветущей флоры.

Скромный очаг потрескивал в самом сердце дома, отбрасывая теплое сияние, которое освещало каждый закоулок. Удобные сидения приглашали усталого путника передохнуть и погрузиться в размышления. Полки, заставленные обветренными книгами, и банки, наполненные лечебными травами, являлись свидетельством накопленной мудрости и неизменной страсти Ву Цзяня.

Тканые ковры, изготовленные с особой тщательностью, украшали пол, создавая ощущение комфорт. Окна обрамляют захватывающий вид на окружающую буйную зелень, приглашая великолепие природы внутрь.

В этих скромных стенах дом Ву Цзяня олицетворял сущность сострадания и исцеления. Это было место, где усталость находила утешение, где встревоженные сердца находили передышку, и где нежное прикосновение его умелых рук и добрые слова творили чудеса.

С каждым мгновением Ву Цзян наблюдал, как ее острый взгляд скользит по его скромному жилищу, запоминая каждую деталь. Ее взгляд задержался на полках, украшенных древними фолиантами и пузырьками с лекарственными травами, и в них вспыхнул проблеск любопытства. То, как она изучала его дом, ее губы были слегка приоткрыты в безмолвном созерцании, одновременно волновало и беспокоило его.

Он не мог не задаться вопросом, какие мысли были в ее голове, когда она входила в его жилище. Какие тайны она раскопала, и какие части его сущности она обнаружила? Неизвестная причина его одновременного волнения и беспокойства оставалась неуловимой, спрятанной в тайниках его подсознания.

В безмятежных пределах дома Ву Цзяня в ее взгляде читался намек на любопытство и сострадание. — «Могу я спросить, как Вас зовут?» — спросила она мягким и нежным голосом.

В глазах Ву Цзяня промелькнула меланхолия, когда он встретился с ней взглядом. «Я Ву Цзян», — ответил он, в его голосе была нотка задумчивости. «Я живу здесь один с тех пор, как мои родители скончались несколько лет назад».

Выражение ее лица смягчилось, когда она поняла тяжесть его потери и отголоски тоски.

Пока они стояли в успокаивающем святилище дома Ву Цзяня, в нем зародился вопрос, нежный и наполненный неподдельным любопытством. «Вы помните, сколько Вам лет? Кто Ваши родители?» — спросил он мягким и теплым голосом.

Грустная тень пробежала по ее тонким чертам, а в глазах появился оттенок печали. — «Я... я не помню», — тихо пробормотала она, в ее голосе слышались одновременно разочарование и легкая уязвимость.

Ву Цзяня проникла боль сочувствия, и его сердце ощущало одновременно жалость и надежду. В момент ее потери памяти он увидел возможность, шанс для нее обрести утешение и принадлежность в его объятиях, освобожденных от оков ее прошлого "я".

Тонкая улыбка тронула его губы, полные сострадания. Если она не помнит, кто она такая, то, возможно, она сможет найти новое начало в святилище его дома. В этот момент проблеск надежды осветил его сердце, шепча, что их переплетенные судьбы должны были развернуться в этом непредвиденном повороте судьбы.

Когда солнце скрылось за горизонтом, глаза Ву Цзяня целеустремленно мерцали. «Тогда я буду звать тебя Цзыхуа», — заявил он. «Цзыхуа, цветок лаванды, заключающий в себе его нежную сущность. Я собирал его как раз перед тем, как нашел тебя».

Ву Цзян увидел, как лицо Цзыхуа озарилось радостью и благодарностью. «Спасибо, Ву Цзян», — пробормотала она с признательностью в голосе. «Имя, которое ты мне дал, Цзыхуа, действительно красивое».

Ву Цзян нерешительно предложил: «Цзыхуа, пожалуйста, отдохни на кровати. Тебе будет удобнее.» Но Цзыхуа покачала головой, отказываясь от щедрого предложения. Полон решимости, Ву Цзян настаивал: «Я расположусь на полу».

Глава 4
Путеводное пламя
наставничества

Всю следующую неделю Ву Цзян посвятил себя заботе о Цзыхуа. С непоколебимой преданностью он обеспечивал ее комфорт, заботясь о ее потребностях и предлагая ей питательные блюда и травяные отвары. Он терпеливо отвечал на ее бесчисленные вопросы, делясь историями и знаниями об искусстве исцеления. Нежное присутствие Ву Цзяня стало ее путеводной звездой, давая утешение перед лицом ее потерянных воспоминаний. Каждый день он наблюдал за ней, предлагая твердую поддержку и теплую улыбку.

Под руководством Ву Цзяня, Цзыхуа глубоко погружалась в сложный мир медицины, и ее врожденный интеллект ярко проявился, приобретая новые высоты. Обладая ненасытной жаждой знаний, она усваивала каждый урок с недюжинной проницательностью. Ее острые наблюдения и проницательные вопросы поразили Ву Цзяня, а он восхитился ее врожденным пониманием искусства исцеления. Интеллектуальное мастерство Цзыхуа в сочетании с ее глубоким сочувствием сделало ее замечательной ученицей, оставив Ву Цзяня в благоговении перед ее природными талантами и неиспользованным потенциалом, скрытым внутри нее.

Слухи о загадочной даме, проживающей с Ву Цзянем, вскоре распространились по деревне, разжигая огонь любопытства и сплетен. В воздухе витал шепот, сплетая истории о запретной любви и скандальных делах.

Жители деревни увлекались размышлениями о природе их связи, их речи были пронизаны намеками и гипотезами, которые заставляли их языки бурлить.

Несмотря на ее усилия, Цзыхуа не смогла уйти от слухов и сплетен, которые распространялись по всей деревне. Сплетни о ее необычной ситуации дошли до ее слуха, вызывая у нее смешанные чувства.

Сердце Цзыхуа было переполнено благодарностью к Ву Цзяню, но глубокий страх поставить под угрозу его уважаемую репутацию поглотил ее мысли. Полная решимости сохранить их связь, она решила подойти к нему, и попросить, чтобы он принял её в качестве ученицы. Она понимала важность отношений между учителем и учеником, сродни отцовскому руководству, и считала, что это обеспечит безопасную гавань, где их связь сможет процветать без тяжести общественного осуждения.

Цзыхуа вошла в их тихое убежище, ее сердце было полно благодарности и решимости. Подойдя к Ву Цзяню, который был поглощен учебой, она собралась с духом.

Цзыхуа: «Ву Цзян, я хочу выразить свою глубочайшую благодарность за твою доброту и руководство. Я действительно счастлива, что нашла тебя. Я долго и упорно думала, и я хочу попросить тебя взять меня в ученики. Я хочу учиться у тебя и помогать тебе, чем могу. Я могу позаботиться о домашних делах и поддерживать тебя в работе».

Когда Цзыхуа выразила свою благодарность и решимость, сердце Ву Цзяня сжалось. В ее словах он уловил искреннее восхищение и признательность, но бесспорный укол печали нахлынул на него, когда он понял, что она не воспринимает его как мужчину.

Волна неуверенности в себе обрушилась на его мысли, он задавался вопросом, сыграли ли роль его возраст или внешность в ее восприятии. Несмотря на свои юные, красивые черты, он сомневался, что ему не хватает пленительного очарования, которое пробудило бы в ней романтические чувства.

С тяжелым вздохом он молча принял горькую правду. Их связь, по крайней мере, в ее глазах, казалась ограниченной динамикой учитель-ученик. Боль в его сердце смешалась с глубокой тоской, когда он тихо решил сохранить их связь и лелеять выраженную ею благодарность, даже если это означало подавление его собственных безответных чувств.

Ву Цзян: «Цзыхуа, твое предложение трогает мое сердце. Твоя самоотверженность и готовность поддержать меня достойны восхищения. Если ты готова взять на себя такую ответственность, я с радостью приму тебя в свои ученики. Вместе мы пройдем по пути медицины.»

Они проводили дни в гармоничном ритме, объединенные общей целью исцеления. Вместе Ву Цзян и Цзыхуа отправились в путешествие, решив начать собственную медицинскую практику, чтобы лечить жителей деревни от их недугов.

С каждым днем их взаимосвязь становилась все прочнее, обогащаясь их уникальными навыками. У Ву Цзяня, с его глубокими знаниями и богатым опытом, была роль наставника для Цзыхуа в искусстве медицины. В то же время, она, с ее врожденным талантом и неуклонной решимостью, с легкостью впитывала его учения с изящностью и благодарностью.

Когда они шли по деревне, их присутствие приносило утешение тем, кто в этом нуждался. Они работали не покладая рук, применяя свои навыки и предлагая лекарства с состраданием, наблюдая преобразующую силу их совместных усилий.

В ходе их совместных усилий в исцелении, Ву Цзян и Цзыхуа ощутили истинную радость, находясь в обществе друг друга. Между ними возникали нежные моменты, которые согревали их сердца, укрепляя их глубокую привязанность, которая таилась под поверхностью.

В моменты спокойствия между их усилиями в исцелении, Ву Цзян находил утешение, просто находясь рядом с Цзыхуа. Мысль о проведении дней в ее присутствии, даже без взаимной любви, приносила ему тихое удовлетворение. Для него перспектива совместной жизни принесла глубокое чувство счастья и исполнила его сердце радостью.

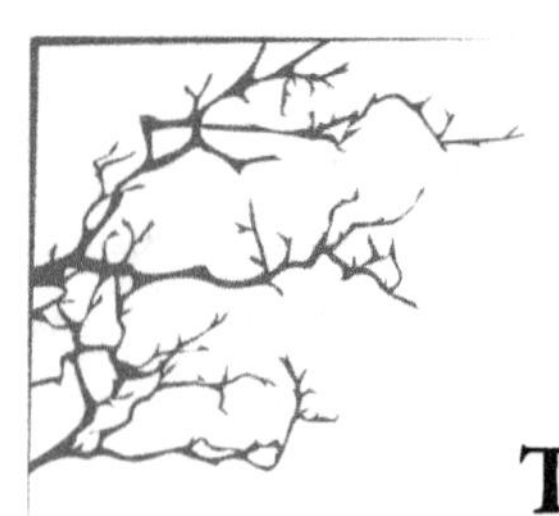

Глава 5
Темные интриги

Лин Ся выросла в мире роскоши и привилегий, погруженная в избыток благ и испорченная влиятельностью своей богатой семьи. Несмотря на ее простой внешний облик, ничто не мешало ее стремлению к собственной значимости. Вместо проявления доброты, она излучала чувство важности, питаемое уверенностью в особом статусе и привилегиях, которые она считала своими по заслугам.

В то время как деревня гудела от слухов о новой ученице Ву Цзяня, Лин Ся возвращалась из своего визита в город с тяжелым сердцем, охваченная противоречивыми эмоциями. С самого детства она тайно питала глубокую привязанность к Ву Цзяню, но сейчас новость о его новом протеже вызвала волну ревности и негодования, которая пронизывала ее сущность.

Встретившись с Ву Цзянем Лин Ся начала его допрашивать, голос ее дрожал от боли и разочарования. «Ву Цзян, как ты мог принять ученицу женского пола, не принимая во внимание мои чувства? Ты забыл нашу историю, связь, которую мы когда-то разделяли?»

Взгляд Ву Цзяня оставался холодным, а его голос лишенным тепла. «Лин Ся, путь, который я выбрал, не связан с личными чувствами».

Ее сердце разбилось, когда его пренебрежительные слова поразили ее, как осколки льда. С горьким вздохом Лин Ся отвернулась, поняв, что ее любовь была встречена с равнодушием.

Когда Лин Ся заметила, что внимание Ву Цзяня приковано к Цзыхуа, в ее сердце возникла горькая решимость. Подогреваемая ревностью, она решила завоевать привязанность Ву Цзяня, даже если это потребует от нее использования темных эмоций. В ее мыслях прокралась ненависть, оскверняя ее восприятие Цзыхуа, которая невольно стала ее соперницей.

С каждым прошедшим днем план Лин Ся укреплялся, она в своей голове ловко манипулировала ситуациями, разводя сомнения и раздоры, всё ради того, чтобы завоевать сердце Ву Цзяня.Ее коварный план состоял в том, чтобы дать Цзыху снотворное и опорочить ее честь с помощью кузена.

В один день с обманчивой улыбкой она подошла к Цзыхуа, изображая дружбу и вовлекая ее в разговор. Лин Ся предложила Цзыхуа посетить дом ее тети, заявив, что тетя заболела. Цзыхуа, будучи отзывчивой, согласилась посетить дом тети Лин Ся.

Когда Ву Цзян заметил, что Цзыхуа не появилась в его клинике, его охватило чувство тревоги. Обычно она всегда сообщала ему, куда собирается, и отсутствие этой информации вызывало у него подозрения, особенно учитывая, что Лин Ся находилась неподалеку.

Ву Цзян беспокойно ходил взад-вперед, его глаза метались между Лин Ся и пустым пространством, где должна была быть Цзыхуа. «Где Цзыхуа?» — спросил он с тревогой в голосе.

На губах Лин Ся появилась хитрая улыбка. «О, Ву Цзян, ты как раз вовремя», — поддразнила она, пытаясь уклониться от его вопроса. «Я хочу показать тебе кое-что интересное. Надо только ещё немного подождать...»

В голосе Ву Цзяня прозвучало нетерпение. «Больше никаких игр, Лин Ся. Скажи мне, где Цзыхуа?»

Выражение лица Лин Ся стало жестким, ее глаза сузились. — «Почему ты так беспокоишься о ней?» — возразила она ядовитым голосом. — «Может быть, она больше не хочет быть с тобой».

Сердце Ву Цзяня екнуло, а глаза расширились от недоверия. — «Что ты имеешь в виду?»

С рассчитанной паузой Лин Ся ухмыльнулась. «О, ничего... Только то, что Цзыхуа может развлекаться в другом месте. Ты должен был присматривать за ней повнимательнее».

Ужас нахлынул на Ву Цзяня, подпитывая его решимость. «Скажи мне, где она, Лин Ся. Немедленно!» — спросил он твердым и решительным голосом, не желая поддаваться ее манипуляциям.

Лин Ся поколебалась, а затем неохотно ответила: «Хорошо, она в доме моей тети».

Спеша по улицам, сердце Ву Цзяня бешено колотилось от беспокойства за Цзыхуа. Придя в дом тети Лин Ся, он обнаружил Цзыхуа, стоящую над бессознательным двоюродным братом Лин Ся, выражение ее лица было смесью бдительности и беспокойства.

«Что здесь случилось?» — спросил Ву Цзян, его голос был полон беспокойства.

Цзыхуа повернулась к нему лицом, в ее глазах зажглась решимость. «Шифу! Я почувствовала, что с двоюродным братом Лин Ся что-то не так. Он попытался воспользоваться обстановкой, но я использовала его же снотворное против него. Он невредим, не переживайте».

Глаза Ву Цзяня расширились, в нем пробежала смесь шока и гнева. «Двоюродный брат Лин Ся... он планировал навредить тебе?»

Цзыхуа кивнула. — «Похоже на то. Не волнуйтесь, шифу. Я тоже невредима и буду осторожна в дальнейшем».

Ву Цзян ощутил глубокое восхищение и благодарность, когда он осознал мастерство и самоотверженность Цзыхуа. Он был полон нового чувства гордости за свою ученицу.

Охваченный всплеском эмоций, Ву Цзян больше не мог сдерживаться. Он заключил Цзыхуа в искренние объятия, молча выражая свою благодарность, гордость и привязанность. Решив поддержать ее, он поклялся противостоять Лин Ся и положить конец ее злонамеренным планам.

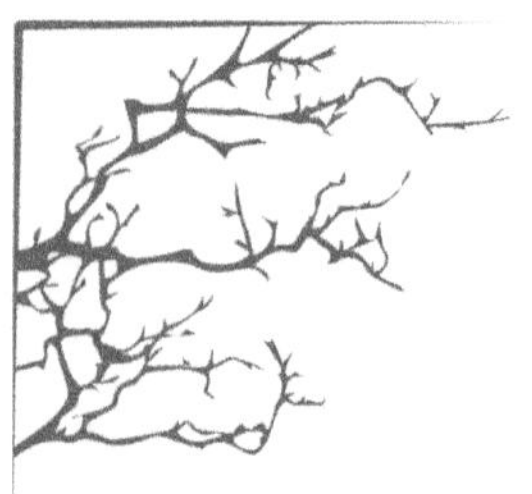

Глава 6
Расплата

Доброта естественным образом течет внутри существа Ву Цзяня, излучаясь из самого его сердца. Его сострадательный характер руководит каждым его действием и решением. Будь то уход за больными, утешение страждущих или помощь нуждающимся, врожденная доброта Ву Цзяня не знает границ. Его нежные слова и теплая улыбка приносят утешение и уверенность окружающим. Даже перед лицом невзгод он находит способ протянуть руку сострадания и понимания. Доброта Ву Цзяня — это не просто действие, а неотъемлемая часть его характера, которая формирует его взаимодействие с другими, воспитывая чувство любви, принятия и исцеления. Его искренняя забота о людях трогает сердца и вдохновляет других проявлять доброту в своей жизни.

Конфликты были ареной, которую Ву Цзян считал ниже своего достоинства. Он осознавал бесполезность участия в мелких спорах и тривиальных спорах. Вместо этого он выбрал путь мира и гармонии, находя утешение в разрешении конфликтов через сострадание и понимание. Безмятежное поведение и мудрость Ву Цзяня позволяли ему преодолевать напряженные ситуации с изяществом и уравновешенностью. Он понимал, что истинная сила заключается не в доминировании над другими, а в укреплении единства и сотрудничества. Его отвращение к конфликтам было не из-за слабости, а свидетельством его возвышенного характера и просвещенного взгляда. Ву Цзян верил в силу сочувствия и считал, что, подавая пример, он может вдохновить других на поиск решений мирными средствами.

Однако на этот раз это было исключением из обычного спокойного и сдержанного поведения Ву Цзяня. Впервые в жизни его поглотила непреодолимая ярость, разлившаяся по его венам. Простая мысль о том, что кто-то пытается навредить его возлюбленной Цзыхуа, зажгла в нем огонь, подпитывая его решимость действовать. Его гнев, обычно дремлющий, превратил его в силу, с которой нужно считаться. Привычное спокойное выражение лица Ву Цзяня превратилось в стальную решимость, когда он поклялся положить конец злонамеренным планам и защитить Цзыхуа любой ценой. Это стремление к защите разбудило в нем неизведанную сторону, побуждая его делать то, что он никогда не считал возможным. Любовь разбудила в нем дремлющую ярость, дав понять, что, когда дело доходит до защиты тех, кем он дорожит, Ву Цзян не остановится ни перед чем.

С озорным блеском в глазах Ву Цзян придумал хитрый план преподать Лин Ся урок, который она никогда не забудет. Мастерски подделав ее почерк, он составил от ее имени проникновенное любовное письмо и отправил его отъявленному деревенскому хулигану, известному своей склонностью к публичным домам и скандальным делам. Ву Цзян был в курсе того, что содержание письма вызовет интерес у хулигана и нанесет серьезный удар по репутации Лин Ся, вызывая хаос. Когда любовное письмо попало в руки ничего не подозревающего получателя, Ву Цзян наблюдал издалека, с нетерпением ожидая последствий. Это был дерзкий шаг, игривый поворот судьбы, который раскроет истинное лицо Лин Ся и заставит ее пересмотреть последствия своих злонамеренных планов.

В глубине озорного плана Ву Цзяня его сердце схватило беспокойство. Он не мог вынести мысли о том, что Цзыхуа обнаружит его коварный поступок и и начнет смотреть на него с осуждением. В глубине души он знал, что сердце Цзыхуа хранит чистоту и доброту, и хотел защитить этот образ. Итак, он скрыл свою тайну, решив не раскрывать ей правду. Это бремя он мог нести один, так как считал, что цель оправдывает средства в данном конкретном случае. Ву Цзян надеялся, что в свое время Лин Ся усвоит урок и исправится, избавив Цзыхуа от дальнейшего вреда.

По воле судьбы мир Лин Ся был перевернут с ног на голову в результате хитрого плана Ву Цзяня. Любовное письмо, предположительно написанное ею, попало в руки печально известного деревенского хулигана. Слухи распространялись со скоростью лесного пожара, бросая тень на репутацию Лин Ся и подвергая ее презрению и насмешкам. Она страдала от последствий обмана, не подозревая, что все это организовал Ву Цзян.

Глава 7
Танец стали и сердца

У Цзыхуа был каскад блестящих черных волос, которые ниспадали ей на спину, добавляя нотку изящества к ее поведению. Ее волосы, тщательно уложенные в простой, но элегантной манере, обрамляли ее лицо с оттенком естественной красоты. Одетая в струящиеся одежды, она излучала спокойствие и изящество.

Ее глаза, похожие на озера глубокого и задумчивого обсидиана, хранили ауру мудрости и сочувствия. Они искрились нежным любопытством и оттенком озорства, раскрывая спрятанный внутри игривый дух. Ее руки, тонкие и ловкие, демонстрировали тонкий баланс силы и грации. Они были инструментами, с помощью которых она применяла свое исцеляющее прикосновение и демонстрировала свою преданность медицинской практике.

Общий вид Цзыхуа отражал гармоничное сочетание внутреннего спокойствия и внешней уравновешенности. Она вела себя с уверенностью, очаровывая окружающих своим нежным присутствием и неоспоримой аурой сострадания, которая исходила изнутри.

Цзыхуа не могла не заметить, как взгляд Ву Цзяня задержался на ней. Сначала она приписывала это их близкой дружбе, принимая за теплый и дружелюбный взгляд. Однако, присмотревшись к нему повнимательнее, она заметила едва уловимую напряженность в его глазах — мерцание, говорящее о чем-то большем, чем просто о дружбе.

Цзыхуа попыталась отогнать тревожное чувство, охватившее ее. Она убедила себя, что, должно быть, неправильно истолковала взгляд Ву Цзяня, приписав это собственному гиперактивному воображению. В конце концов, она очень дорожила их дружбой и никогда не рассматривала возможность чего-то большего. Было легче поверить, что она просто неправильно видела вещи, чем думать о том, что между ними расцветает привязанность другого рода. Будучи преисполнена решимости сохранить их тесную связь, Цзыхуа отбросила сомнения и решила продолжать, как будто ничего не изменилось.

Когда Ву Цзян наслаждался счастьем их тесной связи, его охватило чувство беспокойства. Он не мог не заметить растущее число пациентов мужского пола, которые искали внимания Цзыхуа, пытаясь завязать с ней разговор. Хотя он испытывал полное доверие к ней, в его сердце вспыхнул миг беспокойства. Он задавался вопросом, имели ли эти взаимодействия более глубокие намерения и осознавала ли Цзыхуа внимание, которое она получала. Желая защитить ее от любого потенциального вреда, Ву Цзян решил внимательно следить за ней, готовый оградить ее от нежелательных нападок.

Шло время, сияющая красота и завораживающая внешность Цзыхуа привлекали многочисленных последователей как в деревне, так и за ее пределами. В то время как Ву Цзян изначально ценил их дружбу как драгоценное благословение, он не мог не чувствовать растущую муку в своем сердце. Каждый поклонник, пытающийся привлечь внимание Цзыхуа, только усиливал его внутреннее смятение. Когда-то безмятежная и гармоничная связь между ними теперь несла для Ву Цзяня тяжесть страданий. Он изо всех сил пытался примирить свои чувства, разрываясь между радостью ее дружбы и мучительным осознанием того, что его любовь к ней стала глубже, чем просто товарищеские отношения.

Руководствуясь своей непоколебимой преданностью и растущей заботой об их безопасности, Ву Цзян принял решение изучать боевые искусства. С решимостью в глазах он искал опытного мастера, который мог бы обучить его самообороне. День за днем он посвящал себя упорным тренировкам, оттачивая технику и укрепляя свое тело. Это было свидетельством его преданности Цзыхуа, его непреклонного желания защитить ее и их заветную связь. По мере того, как его навыки процветали, Ву Цзян стал грозной силой, готовой противостоять любой угрозе, которая осмелилась приблизиться к их спокойному существованию. Цзыхуа наблюдала за его продвижением с восхищением.

Со временем беспокойство Ву Цзяня начало тяготить его сердце. Он знал, что их идиллическая совместная жизнь имеет срок годности. Цзыхуа, грациозная и красивая женщина, наверняка привлечет женихов и в конце концов выйдет замуж. Решив изменить характер их отношений, пока не стало слишком поздно, Ву Цзян начал обдумывать план. Он искал утешения в стенах своего кабинета, размышляя о том, как раскрыть свои истинные чувства Цзыхуа, не ставя под угрозу их дружбу. Это был тонкий танец между надеждой и страхом, битва между желанием и практичностью. Ву Цзян знал, что их связь была особенной, но он также осознавал реалии их общества. Тяжело вздохнув, он решил найти способ пройти этот неопределенный путь впереди, потому что он не мог вынести мысли о потере Цзыхуа, даже если это означало рискнуть всем, что у них было.

Глава 8
Нерушимая связь

В один день, когда Цзыхуа и Ву Цзян измельчали травы, на улице пошел мелкий дождь. Звук капель дождя на крыше создавал успокаивающую атмосферу в их уютном пространстве. Поскольку визиты к пациентам были отложены из-за погодных условий, у них была возможность сосредоточиться на своей собственной целительной работе. В комнате эхом разносилось ритмичное движение шлифовальных камней, сопровождаемое успокаивающим стуком капель дождя по окну. Это был момент спокойствия, когда мир, казалось, замедлился, что позволило Цзыхуа и Ву Цзян оценить простоту их общих задач.

Когда Цзыхуа наблюдала за усердной работой Ву Цзяня, ее сердце наполнилось чувством глубокого уважения и восхищения. Видя его опыт и самоотверженность, она восхищалась его умелыми руками и мудростью, направлявшей каждое его движение. В последнее время их усилия принесли плоды, и слухи о целительных способностях Цзыхуа распространились повсюду, отчасти благодаря непоколебимой поддержке Ву Цзяня. Вместе они построили практику, которая затронула жизни многих, принеся облегчение и надежду нуждающимся. Цзыхуа знала, что их партнерство бесценно, потому что присутствие и руководство Ву Цзян помогли ей раскрыть свой истинный потенциал.

Когда на улице лил дождь, Ву Цзян задумался о том, как начать разговор. В поисках темы он повернулся к Цзыхуа и мягко спросил о погоде. Несмотря на свою простоту, он пытался использовать этот вопрос как начало более глубокого разговора.

— Сегодня сильный дождь, не так ли, Цзыхуа?

— Да, Шифу.

— Кстати, как тот пациент, которого мы видели на прошлой неделе, с постоянной болью в ноге?

— Она хорошо отреагировала на лечение, Шифу. Уровень ее боли существенно снизился, и она начинает восстанавливаться.

— Очень хорошо. Благодаря твоему присутствию в нашу практику приходит больше женщин, нуждающихся в исцелении. Цзыхуа... помимо нашей практики, есть ли что-то еще, чем ты стремишься заниматься в этой жизни? Например... ты когда-нибудь думала о возможности выйти замуж?

— Шифу, этот вопрос приходил мне в голову, но правда в том, что я не помню своего прошлого. Есть вероятность, что я уже замужем или меня где-то ждет моя семья. Это то, что я действительно хочу вспомнить. Ждёт ли меня кто-то где-то...

Ву Цзян не мог не подумать о том, что Цзыхуа уже может быть замужем. Хотя она выглядела юной, возможно, около 17-18 лет, он знал, что возраст сам по себе не определяет семейное положение.

Ему стукнуло 24 года и Ву Цзян понимал разницу в возрасте между ними. Он не мог не признать, что это могло повлиять на восприятие Цзыхуа их отношений. Осознание пронзило его смесью печали и тоски. Он глубоко влюбился в нее, но понимал, почему она никогда не считала его потенциальным партнером.

Глубоко в своих мыслях Ву Цзян боролся с противоречивыми эмоциями — восхищением преданностью Цзыхуа медицине, но болью от осознания того, что их связь может никогда не перерасти во что-то большее. Несмотря на свое стремление, он решил дорожить их дружбой и продолжать поддерживать ее в ее стремлениях, все время скрывая свою безответную любовь глубоко в своем сердце.

Его мысли были прерваны голосом Цзыхуа.

— А Вы, Шифу? Вы примерно в том возрасте, когда люди обычно думают о браке или помолвке. Вы помолвлены?

Ву Цзян делает паузу, чувствуя смесь удивления и любопытства.

— Нет, Цзыхуа, я никогда не был женат и не помолвлен. В основном я сосредоточился на медицине и служении деревне. Почему ты спрашиваешь?

— Я просто хотела убедиться, Шифу. Я очень дорожу нашими отношениями, и когда придет время, когда Вы найдете кого-то особенного, я не хотела бы вмешиваться в Вашу личную жизнь. Как придет время я готова переехать, чтобы обеспечить ваше счастье.

— Нет! Я имею в виду... Прошу прощения, Цзыхуа. Любовные дела меня не интересуют. Мое внимание всегда было сосредоточено на медицине и служении другим.

— Я понимаю, Шифу. Я не хотела доставить Вам неудобства.

— Не то чтобы ты заставила меня чувствовать себя некомфортно, Цзыхуа. Просто мои приоритеты в другом. Наши отношения как учителя и ученика — вот что для меня важнее всего.

Сердце Цзыхуа наполнилось теплом, когда она услышала слова Ву Цзяня. Искренность в его голосе глубоко тронула ее, и она не могла не почувствовать прилив благодарности за их уникальную связь.

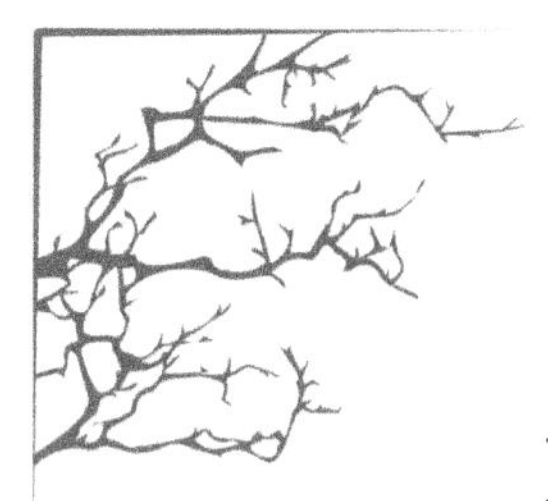

Глава 9
Ритм гармонии

Ву Цзян с облегчением узнал, что она не заинтересована в замужестве. Однако в глубине души он не мог игнорировать муки собственной безответной любви к ней. Он знал, что помочь ей восстановить утраченные воспоминания было задачей, стоящей впереди, но он также понимал, что это деликатный процесс, требующий времени и терпения.

На данный момент Ву Цзян решил дорожить их нынешними моментами и наслаждаться совместной жизнью. Он не хотел спешить ни с чем, что могло бы осложнить их отношения. Страх перед тем, что она уже замужем или помолвлена, не покидал его разума, заставляя его колебаться, стоит ли менять динамику их отношений.

Он решил скрывать свои чувства, наслаждаясь красотой их связи как учителя и ученика. Ву Цзян поклялся себе, что, когда придет время, он поможет Цзыхуа раскрыть ее прошлое, надеясь, что это приведет их к будущему, где их любовь сможет по-настоящему процветать.

Прошел еще один год, и гармония в жизни Ву Цзяня и Цзыхуа только укреплялась. Каждый день Цзыхуа с радостью узнавала у местных жителей новые рецепты и готовила завтрак для них обоих. Они стали неразлучными спутниками, вместе отправлялясь в лес собирать травы, необходимые для их медицинской практики.

Их общая любовь к дождливой погоде создавала идеальные условия, чтобы остаться дома и заняться сбором трав. В эти дождливые дни Цзыхуа создавала удивительные десерты, а Ву Цзян готовил ароматный зеленый чай. Они наслаждались этими сладостями и чаем, а их смех сливался со звуками капель дождя, стучащих по окнам.

По вечерам, когда день склонялся к закату, Ву Цзян занимал место рядом с Цзыхуа и читал вслух книги из своей коллекции медицинской литературы. Он терпеливо разъяснял сложные концепции и запутанные детали, убеждаясь, что она полностью усваивает знания, заключенные в этих страницах. Цзыхуа внимательно прислушивалась, ее глаза светились от любопытства.

Их жилищные условия претерпели изменения, и теперь у них были две отдельные кровати. Это было осознанным решением Ву Цзяня, что отражало его уважение к Цзыхуа и его стремление сохранить границы. Несмотря на прочные узы их отношений, он желал сохранить их связь как шифу и ученика, берегущий непорочность их взаимодействия.

Благодаря увлеченному и активному интересу Цзыхуа к медицине, Ву Цзян смог значительно расширить свои знания и понимание в этой области. Ее глубокие вопросы и новаторский взгляд побудили его искать новые направления и глубже погружаться в тонкости этой науки.

Жажда знаний Цзыхуа была заразительна и вдохновляла Ву Цзяня на дальнейшее расширение собственного кругозора. Он часами читал медицинские тексты, исследовал и изучал, движимый вновь обретенной решимостью стать еще более опытным и знающим врачом.

Вместе с Цзыхуа их общая страсть к медицине стала источником роста и самосовершенствования. Они участвовали в оживленных дискуссиях, обменивались идеями и вместе отправлялись в интеллектуальные путешествия. Сердце Ву Цзяня наполнилось благодарностью за то влияние, которое Цзыхуа оказала на его жизнь и карьеру.

В идиллической жизни, которую разделяли Ву Цзян и Цзыхуа, преобладало счастье, и их дни были наполнены гармонией. Однако их спокойное существование было резко нарушено, когда развернулось непредвиденное событие.

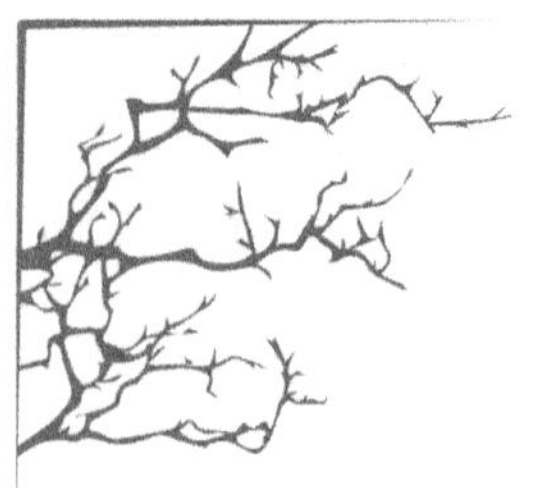

Глава 10
Забытые связи

В один обычный день, покинув магазин, Ву Цзян отправился помочь пациенту, оставив Цзыхуа в одиночестве управлять их клиникой. Цзыхуа старательно следила за выполнением задач в магазине, аромат трав пропитывал воздух, пока она заботилась о нуждах своих покупателей. Она и не подозревала, что судьба уготовила ей неожиданную встречу.

Внезапно, нарушив спокойную атмосферу, Лин Ся вошла в двери вместе с элегантно одетым молодым джентльменом. Сердце Цзыхуа замерло, когда она заметила, что у мужчины в руках держатся ее собственный портрет. В ее глазах сияли недоумение и любопытство, пробуждая в ней смесь предвкушения и тревоги.

Мужчина: — Мими!

Цзыхуа: — (в замешательстве) Простите, а вы кто?

Мужчина: — (улыбаясь) Мими, это я! Твой брат. Я искал тебя весь последний год. Мими, что с тобой случилось? Как ты здесь оказалась?

Его голос был полон беспокойства.

Цзыхуа посмотрела на него, в ее глазах отражались замешательство и неуверенность. Она не знала, кто он и как она оказалась в этом незнакомом месте. Слово, которым он обратился к ней, «Мими», казалось чуждым, но странным образом успокаивало.

Внутри Цзыхуа сердце затаилось, когда она увидела перед собой мужчину, представленного Лин Ся. Каждая клеточка ее существа подсказывала ей быть бдительной и сомневаться в его намерениях. Хотя его слова прозвучали знакомо и вызвали тревогу, она не могла просто так поверить. Она научилась быть осторожной, защищая себя от возможной обмана.

Цзыхуа: — (в замешательстве) Мими? Кто... кто Вы?

Мужчина: — Это я. Твой брат, Ли Чэн.

Цзыхуа: — (озадаченно) Брат? Я... я не помню, чтобы у меня был брат. Я... я потеряла память. Я ничего не помню из своего прошлого, включая брата.

В лице Ли Чэна отразилось сочетание удивления, беспокойства и печали. Его брови немного сморщились, а в его глазах замелькало недоверие. Губы были слегка сжаты, что указывало на некоторое разочарование, однако он продолжал проявлять сдержанное и понимающсс повсдснис. Нссмотря на нсожиданный отвст, он всс же оставался настроенным поддержать и успокоить Цзыхуа, прикрывая свои эмоции нежной и ободряющей улыбкой.

Ли Чэн: — Все в порядке. Важно то, что ты жива.

Он сделал паузу, чтобы восстановить самообладание, и продолжил.

— Тебя зовут Ли Миньи, ты любимая дочь наших родителей. Однажды ты ушла купить вещей для семьи, но так и не вернулась. С тех пор мы ищем тебя.

— Я... я ничего этого не помню.

— Наш отец занимает видное положение в качестве высокопоставленного министра при императорском дворе. Он известен своей мудростью, интеллектом и дипломатическими способностями. Он играет решающую роль в консультировании императора и формировании политики нашей страны.

— Министр? Это очень впечатляюще. Но почему я ничего из этого не помню?

— Похоже, у тебя амнезия, Миньи. Подробности случившегося до сих пор неясны, но наша семья неустанно ищет тебя, желая твоего благополучного возвращения.

— Как я могу быть уверена, что вы говорите правду? Любой мог назвать себя моим братом.

— Я понимаю, что у тебя сомнения. Я помню, что на твоем правом колене есть шрам, который появился в результате нашего детского инцидента. Мы играли у реки, и по неосторожности я толкнул тебя, а ты упала на правое колено. Это событие осталось только между нами и нашей семьей.

Действительно, ранее никто не мог видеть этот шрам, и когда Цзыхуа внимательно слушала слова Ли Чэна, воспоминания об их детстве всплыли в ее памяти. Образ их игривых совместных дней медленно ожил в ее сознании, и она ярко вспомнила инцидент у реки. Цзыхуа начала верить Ли Чэну, осознавая, что он действительно был ее давно потерянным братом.

Глава 11
Горькая боль разлуки

По возвращении в клинику, Ву Цзян обнаружил, что Цзыхуа находится в компании другого молодого человека, которого она представила как своего старшего брата. Решив закрыть клинику пораньше, они втроем отправились домой к Ву Цзян. Цзыхуа приготовила несколько простых, но вкусных блюд, в то время как Ву Цзян и брат Цзыхуа углубились в душевный разговор, стремясь узнать больше о прошлом Цзыхуа. Ву Цзян почувствовал облегчение и радость, узнав, что Цзыхуа все еще живет со своими родителями, что означало отсутствие брака.

Хотя у Ли Чэна были смешанные чувства по поводу того, что его сестра живет одна с мужчиной, он не мог не почувствовать благодарность, узнав, что Ву Цзян взял ее к себе в ученики. Он восхищался тем, как Ву Цзян заботился о благополучии своей сестры и проявлял ей преданность и доброту.

Ли Чэн: — Спасибо, Ву Цзян, за заботу о моей сестре. Ваше руководство и поддержка очень много значили для нее. Я ценю все, что Вы сделали.

Ву Цзян: — Пожалуйста.

Ли Чэн: — Господин Ву Цзян, Ли Миньи пора вернуться со мной в столицу. Пожалуйста, примите этот знак благодарности, — Ли Чэн протягивает ему конверт.

[Ву Цзян колеблется и мягко отказывается.]

Ву Цзян: — Ли Чэн, Ваша сестра для меня как семья. Я не могу принять оплату за то, что идет от сердца.

Цзыхуа (Ли Миньи): — Спасибо, Шифу. Я благодарна за все, что Вы сделали для меня.

[Она делает глубокий поклон, выражая благодарность и уважение своему учителю.]

Когда Ли Миньи выразила свою благодарность и приготовилась уйти со своим братом, сердце Ву Цзян упало с чувством печали и страдания. Осознание того, что она уезжает, наполнило его глубокой тоской и пустотой. Его взгляд следовал за ней, смесь печали и тоски в его глазах, зная, что теперь их пути расходятся. Хотя он и понимал причины ее ухода, это не облегчило боль от потери ее присутствия в его повседневной жизни. Волны печали наполнили его сердце, окутывая его когда-то живой дух грустной тенью.

После отъезда Ли Миньи с ее братом, Лин Ся навестила дом Ву Цзяня, намереваясь сделать несколько едких замечаний.

— Ну, ну, Ву Цзян. Богатый человек ищет Ли Миньи. Настоящий скандал, не так ли?

— Не будем спешить с выводами, Лин Ся. Ли Чэн всего лишь ее брат, к тому же их семейные дела нас не касаются.

— О, не говори-ка! Ли Миньи из престижной семьи и ее родители никогда не допустили бы, чтобы она связалась с таким человеком, как ты, из небогатой семьи.

— Лин Ся, не говори глупостей. Наши отношения — это отношения ученика и учителя. Происхождение и богатство не имеют значения, когда речь идет о знаниях и личном росте.

— Посмотрим, Ву Цзян. У судьбы есть способ разорвать такие неравные отношения.

Ву Цзян сжал кулаки, борясь с всплывающим гневом внутри себя. Слова Лин Ся задели за живое, и в глубине души он знал, что она права. Он не мог отрицать огромную разницу в их происхождении и социальном статусе.

Как бы ему ни хотелось верить, что любовь преодолевает такие барьеры, реальность их обстоятельств трудно было игнорировать.

Он не мог не почувствовать прилив горечи при мысли о том, что родители Ли Миньи никогда не одобрили бы их отношения, независимо от того, как сильно они могли бы любить друг друга.

Но рядом с гневом также присутствовало чувство беспомощности. Внутри себя он понимал, что не сможет обеспечить Ли Миньи такую жизнь и безопасность, которые она заслуживает. Он видел величие столицы, богатство и роскошь, принадлежащие семьям, подобным ее семье. Как он мог соперничать с этим?

Тяжело вздохнув, Ву Цзян посмотрел в глаза Лин Ся. «Возможно, ты права, Лин Ся», — неохотно признал он. «Трудно не заметить пропасть между нами. Возможно, будет лучше, если мы будем держаться на расстоянии».

Самодовольная улыбка Лин Ся стала глубже, она была довольна эффектом своих слов. Когда Ву Цзян наблюдал, как она удаляется, в его сердце вспыхнул бурлящий микс противоречивых чувств. Гнев, печаль и глубокое чувство утраты боролись в его сердце. Он не мог избавиться от ощущения, что отпускает что-то ценное.

В глубине души Ву Цзян молча желал счастья Ли Миньи, даже если это означало пожертвовать своим собственным. Боль безответной любви тяготила его, бремя, которое он будет нести в глубине своего существа долгие годы.

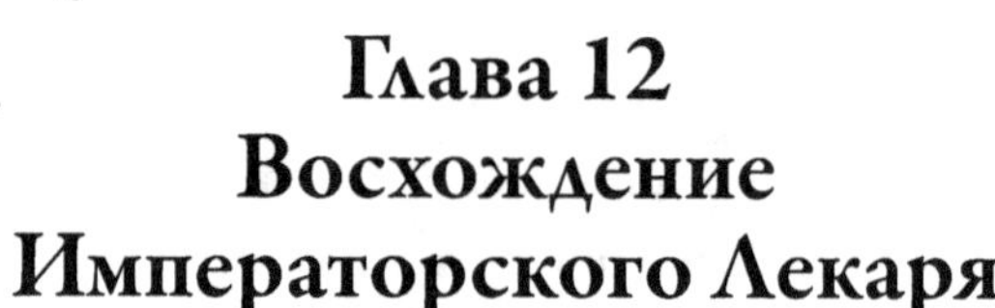

Глава 12
Восхождение
Императорского Лекаря

В то время как Ву Цзян пытался жить дальше без Ли Миньи рядом с ним, боль в его сердце становилась невыносимой. Знание ее настоящего имени, воспоминания, которые они разделили, преследовали его день и ночь. В моменты одиночества он мечтал однажды назвать ее Мими, надеясь услышать ее смех и увидеть ее сияющую улыбку.

Оставленная ею шпилька стала его самым дорогим достоянием. Это была ощутимая связь с ней, символ их совместного времени. Он держал её в руках, обводя тонкие очертания цветка, и его разум наполнялся горько-сладкими воспоминаниями. Это принесло ему и утешение, и мучение, постоянное напоминание о любви, которую он потерял.

Его страдания проявлялись во всех аспектах его жизни. Он потерял аппетит, еда стала безвкусной и непривлекательной. Сон ускользал от него, и он проводил бессонные ночи, беспокоясь и ворочаясь, мысли о ней поглотили его разум. Страсть к медицине, которая когда-то горела в нем, угасла, его внимание ослабло, а руки дрожали. Ему становилось все труднее помогать другим, его способность концентрироваться была разрушена осколками разбитого сердца.

Вес его желания удушал, как будто он медленно терял контроль над реальностью. Он сомневался в своем здравомыслии, чувствуя, что балансирует на грани безумия. Мир вокруг него стал размытым, и он страстно желал того дня, когда снова сможет увидеть ее, посмотреть ей в глаза и снова почувствовать себя цельным.

Но в глубинах его отчаяния промелькнула вспышка решимости. Он решил превратить свою боль в силу, использовать ее как топливо для своих амбиций. Он поклялся стать мужчиной, достойным ее любви, подняться над своими обстоятельствами и проложить путь к успеху. Каждый его шаг был продиктован непоколебимым желанием сделать их воссоединение реальностью.

Хотя дни были полны страданий, он цеплялся за надежду, что однажды их пути снова пересекутся. И пока этот день не наступит, он будет нести в своем сердце память об их любви, перенося агонию и продвигаясь вперед с непоколебимой решимостью.

После душераздирающей разлуки с Ли Миньи боль Ву Цзяня разжигает в нем жгучую решимость. Он нацеливается на то, чтобы стать императорским лекарем, признавая, что такая должность даст ему силу и влияние, необходимые для воссоединения со своей возлюбленной.

В течение трех трудных лет Ву Цзян неустанно следует своей мечте стать императорским лекарем. Это путь, полный испытаний и трудностей, требующий непоколебимой самоотверженности и настойчивости.

Ву Цзян погружается в интенсивные учебные и тренировочные занятия, стремясь совершенствовать свои медицинские навыки. Он отдает безмерное количество часов, вкладывая всю свою душу и энергию в каждый аспект своего образования, с целью выделяться среди своих сверстников.

Он сталкивается с жесткими экзаменами, отправляясь в путешествие по запутанному лабиринту имперской системы медицинских оценок и соревнований. Ву Цзян выкладывается на полную катушку, демонстрируя свой опыт и соревнуясь с другими врачами, с одной целью — продемонстрировать свои выдающиеся способности и достичь желаемой должности, к которой он стремится.

С каждым годом Ву Цзян получает признание за свой талант и страсть. Его стремление к совершенству признано влиятельными фигурами при императорском дворе, что открывает двери для новых возможностей и расширяет сеть его сторонников.

Наконец, после трех долгих лет непоколебимой решимости и неустанных усилий, Ву Цзян достигает своей цели. Ему присваивается почетный титул императорского лекаря, достижение, которое не только повышает его статус, но и дает ему доступ к внутренним кругам власти и влияния.

Оказавшись перед императором, Ву Цзян, уверенный в своей роли и одетый в роскошные одежды, вспоминает трудное путешествие, которое привело его к этому моменту. Воспоминание о нежной улыбке Ли Миньи и ее неуязвимой вере в него вдохновляет его двигаться вперед, укрепляя его решимость достичь успеха.

Имея титул Императорского Лекаря, Ву Цзян теперь обладает властью и престижем, к которым когда-то стремился. Но под поверхностью его мотивация по-прежнему коренится в любви. Он знает, что это достижение приближает его на один шаг к его конечной цели: воссоединиться с Ли Миньи, женщиной, покорившей его сердце.

Три года неустанного поиска не прошли даром. Превращение Ву Цзяня из скромного деревенского врача в уважаемого императорского лекаря является символом его глубокой преданности и готовности пойти на все ради любви. Путешествие было долгим и трудным, но он готов принять все, что ждет его впереди, в своем стремлении вернуть утраченное счастье.

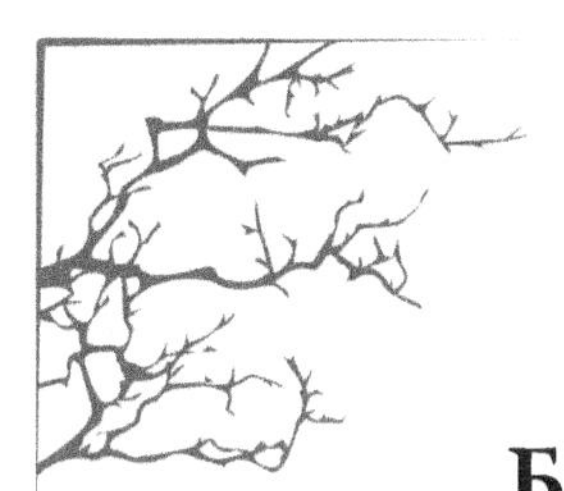

Глава 13
Блаженство дома

Ли Миньи находилась в саду особняка своих родителей, окруженная цветущими цветами и ласковым шепотом ветра. Теплый солнечный свет наполнял сад, создавая пятнистые тени на страницах медицинских книг, которые она усердно изучала. С каждым переворотом страницы ее познания становились глубже, а страсть к медицине только росла.

Сам особняк представлял собой грандиозное сооружение, украшенное замысловатой резьбой и элегантной архитектурой. Его обширные сады с яркими цветами и извилистыми дорожками предлагают безмятежное уединение от шумного города снаружи. Спокойная атмосфера создавала идеальный фон для учебы и размышлений Ли Миньи.

Дни протекали в изящном особняке, и родители Ли Миньи начали выражать беспокойство о ее будущем. В то время общество считало двадцать один год относительно поздним для брака. У родителей была традиция организовывать подходящие супружеские союзы для своих дочерей в раннем возрасте. Однако Ли Миньи решила сохранить свою независимость и преследовать свои мечты в области медицины, поэтому она не желала вступать в брак.

В надежде выиграть больше времени, Ли Миньи пришла к решению симулировать болезнь и продолжать притворяться, будто у нее амнезия. Зная, что ее родители очень заботятся о ней, особенно после таинственного исчезновения, она надеялась, что они будут более склонны согласиться с ее желанием.

Ее родители, обеспокоенные благополучием своей любимой дочери, с готовностью приняли ее заявление о продолжающейся амнезии и удовлетворили все ее потребности. Они осыпали ее любовью и вниманием, надеясь, что это поможет ее выздоровлению. Просьба Ли Миньи отложить любые разговоры о браке была удовлетворена без колебаний.

Ли Сюан, игривый и шаловливый младший брат Ли Миньи, всегда находился в поиске забавных способов разыгрывать своих близких. В тот день Ли Сюан придумал хитрый план, чтобы игриво подразнить их старшего брата, Ли Чэна.

Одетый в одежду девушки, к которой Ли Чэн проявил интерес, Ли Сюан умело имитировал ее жесты и манеры. Ли Чэн, не подозревая о розыгрыше, подошел к переодетому Ли Сюаню и, приняв его за любовное увлечение, заключил его в объятия.

Ли Чэн: — (возмущенно и смущенно) Ли Сюан, ты хитрый чертенок! Как ты посмел шутить со мной так! Это за пределами допустимого!

Ли Сюан: — (озорно посмеиваясь) О, Ли Чэн, твоя реакция бесценна! Я не мог устоять перед искушением увидеть, как твоё лицо багровеет от смущения.

Ли Чэн: — (стиснув зубы) На этот раз ты зашел слишком далеко, Ли Сюан. Эта шутка была неуместной и неуважительной.

Ли Сюан улыбнулся и с невинным видом сказал:

— О, дорогой брат, все это было просто ради хорошего настроения. Не будь таким серьезным.

Когда Ли Чэн в отчаянии пытался ударить Ли Сюаня, младший брат быстро крикнул:

— Дагэ (китайский термин, означающий 'старший брат' и используемый для уважительного обращения к старшему брату)! Пожалуйста, пощадите меня!

В панике Ли Сюан быстро побежал к Ли Миньи за помощью, крича:

— Мими, спаси меня! Ли Чэн меня обижает!

Мими не могла не рассмеяться над ситуацией, но, видя горе своего брата, все же попросила Ли Чэна:

— Ладно хватит уже. Пожалуйста, отпусти его на этот раз

Слегка смягчившись, Ли Чэн вздохнул и выпустил Ли Сюаня из его хватки. — Хорошо, но в следующий раз будь осторожнее.

Когда Ли Миньи сидела рядом со своим старшим братом Ли Чэном в тихом саду, чувство тоски и беспокойства наполняло ее сердце. Прошло три года с тех пор, как она попрощалась с деревней. С предвкушением в голосе она повернулась к Ли Чэну и спросила: «Гэгэ (китайский термин, означающий «старший брат» и используемый для обращения к старшему брату, сестре или другу мужского пола), слышал ли ты какие-нибудь новости о шифу?»

«К сожалению, никаких новостей», — ответил Ли Чэн.

Ли Миньи возвращалась в свою деревню, неся с собой ценные медицинские книги и тщательно подобранные подарки, чтобы удивить своего учителя и выразить ему благодарность за его наставления. Однако, когда она подошла к его дому, ее сердце сжалось от пустоты и тишины. Очень встревоженная, она обратилась к сельским жителям за ответами, но узнала, что Ву Цзян уехал в столицу.

— Гэгэ, я верю, что пребывание в столице приблизит меня к поиску шифу. Здесь есть бесчисленные возможности и ресурсы. Я верю, что однажды наши пути снова пересекутся.

Ли Миньи была в неведении, что все эти годы ее шифу наблюдал за ней из тени, тихо и внимательно следя за каждым ее шагом. Он следил за ее новостями издалека, беспокоился о ее благополучии и терпеливо ждал подходящего момента, чтобы раскрыть свое присутствие.

Глава 14
Гонка со временем

Ли Миньи стояла перед дверью комнаты матери, чувствуя внутреннее беспокойство, которое пронизывало ее. Сообщение от слуги прозвучало срочно и вызвало у нее тревогу о предстоящем разговоре. Сделав глубокий вдох, она нерешительно открыла дверь и вошла в комнату, где леди Ли сидела с серьезным выражением на лице.

— Миньи, садись, — сказала ее мать с необычайной твердостью в голосе. — Мне нужно обсудить с тобой важное дело.

Ли Миньи села, ее сердце колотилось от беспокойства. Она знала, что ее мать может быть строгой, особенно когда дело касалось брака и социального положения.

Госпожа Ли начала разговор с Ли Миньи, передавая ей информацию, которую ей сообщили. Ее слова звучали неотступно и без места для возражений.

— Мне передали, что Чжан Сянью, сын высокопоставленного чиновника, проявил к тебе интерес, — сказала госпожа Ли. — Это выгодная партия, которую мы не можем упустить.

— Мама, я ценю твои намерения, но должна признаться, что не хочу выходить замуж за Чжан Сянью.

— Миньи, ты должна понимать реалии нашего мира. Браки в наших кругах не всегда основаны на любви. Это стратегические союзы, обеспечивающие стабильность и процветание.

— Я понимаю, мама, но я считаю, что брак также должен быть союзом сердец. Я не могу представить, как проведу свою жизнь с кем-то, кого не люблю и с кем не чувствую связи.

— Хватит, Миньи! Я больше не потерплю неповиновения. Я назначу дату и приглашу родителей Чжан Сянью, чтобы обсудить этот союз. Ты будешь подчиняться и примешь свои обязанности дочери нашей семьи.

Не зная, что ответить, сердце Миньи упало, когда она вышла из комнаты госпожи Ли. Поглощенная смесью гнева и беспомощности, Миньи оказалась в ловушке сложной ситуации. Несмотря на кипящее негодование по поводу решения матери, в глубине души она знала, что ее возможности ограничены. Она ощущала горечь разочарования, осознавая, что не может ничего сделать, чтобы изменить мнение старших. Тяжесть обстоятельств лежала на ее плечах, заставляя ее чувствовать себя лишенной сил. Обдумывая свой следующий шаг, Миньи столкнулась с горькой реальностью, что иногда даже самая сильная воля должна уступить непреклонным силам традиции и ожидания.

В этот же день Ву Цзян проводил медицинское обследование генерала Чжан Шужэня. Они быстро завязали дружеские отношения и часто беседовали во время визитов. Во время осмотра Ву Цзян заметил некоторое улучшение настроения генерала.

— Генерал Чжан, я рад видеть вас сегодня в лучшем настроении. Ваше здоровье, кажется, улучшается.

— О, врач Ву, как хорошо, что вы здесь. Я действительно чувствую себя немного лучше. А то до недавнего времени мой сын стал причиной моего постоянного разочарования.

— Мне жаль это слышать, генерал. В чем проблема?

— Вы видите, мой сын уже долгое время влюблен в девушку, которую знаете. Это прекрасная новость, однако наши семьи не смогли достичь согласия относительно свадьбы. Но совсем недавно мы решили сесть и более детально обсудить этот вопрос.

— Это замечательные новости, генерал! Любовь — ценное благо, и когда семьи объединяются, чтобы поддержать ее, это приносит счастье всем участникам. Я уверен, что Вашей будущей невестке повезло иметь такую преданность и поддержку с вашей стороны.

— Действительно, да. Ее зовут Ли Миньи, очаровательная и добрая молодая девушка. Я знаю ее семью много лет. Кажется, судьба наконец свела наших детей.

Когда Ву Цзян услышал имя Ли Миньи, его сердце упало. Он изо всех сил пытался сохранить самообладание, его разум был переполнен воспоминаниями и невысказанными чувствами.

— Ли Миньи... Красивое имя. Я уверен, что она замечательная.

Внутри Ву Цзян боролся со своими противоречивыми эмоциями, понимая, какое глубокое влияние это откровение окажет на его собственное сердце. Он продолжил свой осмотр генерала Чжана, скрывая внутреннее смятение, но тяжесть его безответной любви к Ли Миньи теперь становилась тяжелее, чем когда-либо.

Когда Ву Цзян вернулся домой, чувство безотлагательности нахлынуло на него, вызвав панику глубоко внутри. Осознание того, что время ускользает, подтолкнуло его к твердому решению. С решительным умом он знал, что больше не может откладывать свои действия, и решил без дальнейших колебаний взять дело в свои руки.

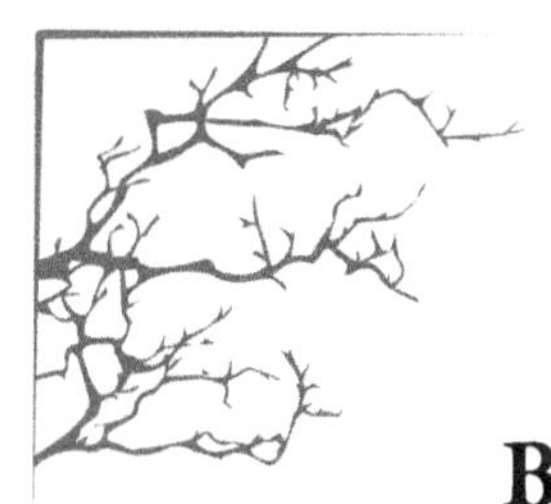

Глава 15
Выгодная партия

На следующий день, пока их родители вникали в хитросплетения потенциального брачного союза, Ли Миньи и Чжан Сянью нашли утешение в безмятежном саду. Взгляд Чжан Сянью оставался прикованным к ней, его глаза следили за каждым ее движением. Прошло семь долгих лет с того момента, как он влюбился в нее, и это воспоминание навсегда запечатлелось в его сердце.

Тогда молодой и полный энергии, Чжан Сянью был начинающим охотником. Он преследовал раненого кролика и с точным выстрелом попал в цель. В своем стремлении поймать зверька он наткнулся на захватывающее дух зрелище. Там стояла она, воплощение сострадания и красоты, с нежной заботой ухаживая за раненым животным. В тот момент, когда он заметил ее взволнованное выражение лица, отражающее заботу о беззащитном существе, его сердце навсегда покорилось.

В то же время, когда Ли Миньи стояла в саду рядом с Чжан Сянью, в ее сердце было совершенно другое чувство. Ее никогда не волновало ни его стремление к охоте, ни острые ощущения от погони. Вместо этого она осуждала акт лишения жизни и твердо верила, что настоящая сила проявляется не в агрессии, а в нежных объятиях доброты и сострадания.

Для Ли Миньи сущность человека заключалась в его способности воспитывать, исцелять и нести свет в мир. Она видела красоту в хрупком равновесии природы и стремилась защитить его любой ценой. Ее душа резонировала с представлением о том, что истинная сила проявляется в актах любви, сочувствия и сохранения жизни.

В то время как восхищение Чжан Сянью ею неуклонно росло с годами, Ли Миньи оставалась непоколебимой в своих убеждениях. Для того чтобы завоевать ее сердце, необходимо не просто проявить силу или доминирование, а продемонстрировать нежное сердце и глубокое уважение к всему живому. Преодоление пропасти между их разными взглядами потребует больше, чем просто слова или мимолетные взгляды, потому что сердце Ли Миньи жаждет любви, которая отражает ее собственные ценности и возвышает святость жизни.

Хотя Сянью был глубоко увлечен Миньи, он не мог не заметить ее сдержанное и отстраненное отношение к нему. Решив завоевать ее расположение, он осыпал ее дорогими подарками, надеясь привлечь ее внимание. Однако Миньи оставалась равнодушной к этим щедрым подаркам, не обращая на них особого внимания. Разочарованный и обиженный, Сянью решил скрыть свои страдания за фасадом игривого и очаровательного молодого человека, умеющего ухаживать за девушками. Однако вместо того, чтобы привлечь Миньи, его игривость вызывала неприязнь, она считала ее неискренней и лишенной глубины. Отчаянные попытки Сянью завоевать ее расположение только отталкивали Миньи еще сильнее, и он ощущал все большее разочарование.

— Минмин, дорогая, ты рада нашей помолвке? Я уже чувствую радость и предвкушение.

— Пожалуйста, не называйте меня так, господин Чжан. Для Вас я Ли Миньи. — ответила она с раздражением

— Да ладно, Минмин. Это просто шутливое прозвище. Не горячись.

— Я предпочитаю, чтобы ко мне обращались по имени. Давайте сохранять формальности.

— О, ну же, Минмин. Не будь такой серьезной! Подумай о радостях супружеской жизни, о приключениях, в которые мы отправимся вместе. — сказал он невинным голосом

— Приключения? Я очень сомневаюсь, что ваше определение приключений совпадает с моим, господин Чжан.

— О, но ты увидишь, моя дорогая. Я умею превращать даже самые простые моменты в увлекательные выходки. Тебе никогда не будет скучно со мной рядом. — ответил он игривым голосом

— Неужели? Должна признать, ваша репутация опережает вас. — ответила она, подняв бровь.

— Не поддавайся слухам, Минмин. Я не такой уж плохой, как говорят! Хотя я с большим энтузиазмом буду стремиться радовать тебя, моя дорогая.

— Господин Чжан, я ценю ваши усилия, но давайте сохранять уважительное расстояние между нами. Важно поддерживать надлежащий этикет в наших взаимодействиях.

За последние три года Ли Миньи прошла впечатляющий путь преображения. От робкой и неуверенной девушки она превратилась в излучающую уверенность молодую женщину. Восстановление ее памяти принесло ей более глубокое понимание самой себя и ее прошлого, что способствовало ее личностному росту. Больше не скованная неопределенностью своей личности, Ли Миньи теперь принимает свое мнение и не боится его высказывать. Однако она по-прежнему помнит о важности соблюдения надлежащего этикета и ведет себя грациозно и тактично во всех ситуациях. Эта смесь вновь обретенной уверенности и утонченных манер отличает ее от других, позволяя ей вести социальные взаимодействия с уравновешенностью и грацией, оставляя неизгладимое впечатление на окружающих.

В глубинах своих воспоминаний Ли Миньи открывает давно скрываемую правду о своем загадочном исчезновении. Она вспомнила девушку из знатной семьи по имени Лян Сюэ, которая питала к ней глубокую ревность из-за Чжан Сяньюя. Лян Сюэ была полностью поглощена завистью и строила зловещий заговор, чтобы устранить Миньи из жизни Сяньюя. Она тщательно следила за Миньи, и зная о ее любви к природе и частых посещениях для наблюдения за животными, ожидая подходящего момента, Лян Сюэ была готова нанести удар. В один роковой день Лян Сюэ хитростью заманила Миньи на опасные скалы, где попыталась стереть ее с лица земли.

Однако вмешательство судьбы помогло Миньи ощутить опасность своевременно. В безвыходной ситуации она проникновенно почувствовала необходимость самосохранения, что позволило ей найти убежище в более безопасных местах перед тем, как сорваться в пропасть. Благодаря своей интуиции и реакции на опасность, она смогла смягчить падение и избежать смертельных травм. Под воздействием шока и травмы, произошедшей в результате инцидента, сознание Миньи активировало защитный механизм, стерев мучительные события из ее памяти, чтобы защитить ее от боли и страха.

Восстановив воспоминания, Ли Миньи теперь видит запутанную паутину сложных отношений, которые окружают Чжан Сянью. Драма и хаос, которые, похоже, всегда сопровождали его везде, были чем-то, чем она не желала быть частью. Исходя из этого, Ли Миньи приняла осознанное решение сохранить дистанцию между собой и Чжан Сянью любым доступным способом.

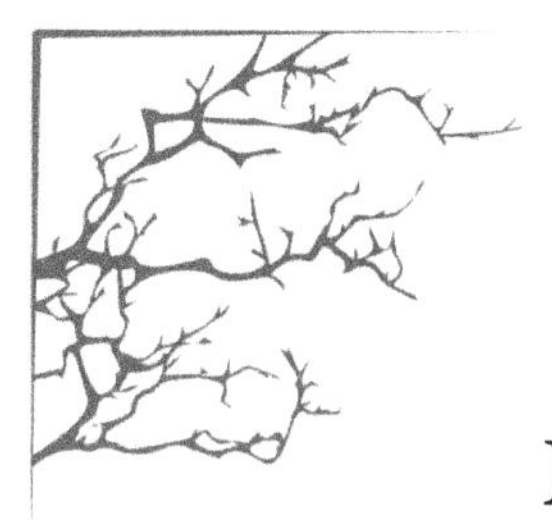

Глава 16
Воссоединение

Ву Цзян обратился к своему преданному другу Чэн Мину, чтобы реализовать свой план. Они сблизились, когда Ву Цзян спас мать Чэн Мина, и теперь Ву Цзян обратился к Чэн Мину за поддержкой в организации престижного банкета в столице.

Понимая непоколебимую страсть Миньи к обучению и желание преуспеть в медицине, Ву Цзян поручил Чэн Мину направить ей специальное приглашение. Он подчеркнул, что это мероприятие дает известным столичным врачам возможность собраться, обменяться сложными случаями и поделиться своим обширным опытом. Предложение о профессиональном развитии и сотрудничестве привлекло бы Миньи, вспыхивая в ней самоотверженность и жажду знаний.

Чтобы еще больше возбудить интерес Миньи к банкету, Ву Цзян приказал Чэн Мину упомянуть, что на нем будет присутствовать уважаемый императорский лекарь. Эта стратегическая деталь должна была привлечь внимание Миньи и подчеркнуть значимость события.

Ожидаемо для Ву Цзяня, сердце Миньи забилось от волнения, когда она держала в руках приглашение. Упоминание о присутствии императорского лекаря, который был назначен на эту должность недавно, на банкете вызвало в ней прилив предвкушения. Загадочная фигура была известна своими исключительными талантами и, по слухам, добилась высокого положения в невероятно короткие сроки.

С чувством благодарности и смирения Миньи подготовилась к предстоящему событию, с нетерпением ожидая шанса встретиться с известным императорским лекарем и воспользоваться неожиданно представившейся возможностью.

Банкет прошел в грандиозном ресторане «Золотой лотос», известным своей изысканной кухней и роскошным декором, демонстрирующим богатое культурное наследие столицы. Элегантный интерьер был украшен замысловатыми золотыми мотивами лотоса, создающими теплую и уютную атмосферу.

Когда Ву Цзян с нетерпением ждал прибытия Миньи, его сердце билось в предвкушении. Одетый в простую одежду, он плавно слился с толпой, его взгляд был устремлен на вход. Когда Миньи наконец вошла в ресторан, его захлестнула волна эмоций. Восхищение и тоска переплелись, заставляя его сердце учащенно биться.

Появление Миньи вызвало у него чувства радости, нервозности и глубокого чувства связи. Казалось, что весь мир исчез вокруг них, оставив только их двоих в этом уникальном моменте судьбы и возможности.

По ходу банкета Ву Цзян с нетерпением ждал идеального момента. Когда пришло время, он тонко подал сигнал Чэн Мину, который осторожно подошел к Миньи сзади и легонько толкнул ее. Миньи пошатнулась, но прежде чем она успела удариться о землю, Ву Цзян быстро двинулся вперед, его рефлексы были отточены годами тренировок. Быстрым и грациозным движением он поймал Миньи на руки, крепко поддерживая ее тело. В комнате воцарилась тишина, когда все взоры обратились на неожиданное зрелище.

Когда Миньи оказалась в сильных объятиях Ву Цзяня, она была охвачена волной эмоций. В ее сердце проснулись удивление, благодарность и неявное чувство чего-то большего. Их близость казалась непривычно интимной, и их тела словно переплелись. Ву Цзян прижал ее к себе, и на мгновение их взгляды пересеклись.

Сердце Миньи начало биться быстрее, когда она взглянула в глаза Ву Цзяня, смешивая в себе благоговение и любопытство.

Воздух в комнате, казалось, потрескивал от напряжения, как будто время на мгновение застыло. Это был момент, который запечатлелся в их памяти.

Миньи ахнула: «Шифу!»

Глава 17
Познание других возможностей

Глядя на своего учителя Ву Цзяня, Ли Миньи не могла не восхищаться его преображением. Его юношеские черты повзрослели, обнажая более утонченный вид. Едва заметные морщины на его лице говорили о мудрости и опыте, добавляя глубины его завораживающему взгляду. Его уверенная манера поведения и безупречное чувство стиля только усиливали его природное обаяние. Ву Цзян стал яркой и притягательной личностью, привлекая внимание окружающих своим магнетическим присутствием, что только усиливало его впечатляющий образ в глазах Миньи. Она не могла не задуматься о своей удаче, имея такого выдающегося учителя.

Когда Миньи встретила взглядом Ву Цзяня, она ощутила легкое изменение в его обычно спокойном выражении, намекающее на уязвимость. В его глазах было что-то иное, прикосновение тоски и несказанных эмоций.

— Давно не виделись, Мими.

Когда Ву Цзян назвал ее «Мими», Миньи была ошеломлена. Это имя, которым он никогда раньше не обращался, вызвало в ней смесь любопытства и интриги. Она задавалась вопросом, почему именно сейчас он выбрал это прозвище.

— Да, Шифу. Действительно давно не виделись. Я никак не ожидала увидеть Вас здесь. Как Ваши дела?

— Ну, мой путь был полон вызовов и возможностей для открытий. Я путешествовал много и все более погружался в мир медицины.

— Шифу, я часто думала о Вас во время учебы, задаваясь вопросом, как Вы поживаете. Я не ожидала, что Вы придете на этот банкет.

— Я не мог отказаться от возможности встретиться с коллегами-врачами и перенять их опыт.

Смущение охватило Ли Миньи, когда она осознала, что оказалась в объятиях своего учителя, а ее щеки приобрели розовый оттенок.

— Шифу, пожалуйста, поставьте меня на землю.

Ву Цзян неохотно опустил Ли Миньи на землю.

На банкете Ли Миньи и Ву Цзян оживленно беседовали с другими врачами, делясь своими знаниями, опытом и мнениями. Они продемонстрировали свой опыт и наладили связи в медицинском сообществе, оставив неизгладимое впечатление на своих коллег.

После завершения банкета Ву Цзян и Ли Миньи решили продолжить свой вечер в уютной чайной, расположенной в спокойной части города. Там, в окружении успокаивающей атмосферы и ароматных чаев, они нашли идеальное место, чтобы наверстать пропущенное время.

— Шифу, могу я спросить, где Вы были все это время? Что Вы делали?

— Мими, я развиваю свою собственную практику в центре города. Мой бизнес успешно растет.

— Я помню, как хорошо мы работали вместе в деревне. Я очень хочу увидеть Вашу клинику и, возможно, даже присоединиться к Вам снова, если можно.

— Всегда пожалуйста. Было бы приятно, если бы мы снова поработали вместе.

— Но это может быть не так просто. Мои родители полны решимости выдать меня замуж, — вздохнула Ли Миньи.

— О, не волнуйся, Мими, если это тебя беспокоит. У меня есть несколько уловок в запасе. Ты можешь быть удивлена, как всё может взять интересный оборот. — ответил он загадочно

— Что Вы подразумеваете, Шифу? Вы предполагаете, что есть возможность другого выбора?

— Возможно, моя дорогая Мими, у судьбы есть свои планы на нас. Давай не будем ограничивать себя ожиданиями других, — кокетливо ответил он.

Любопытство Ли Миньи было возбуждено, предвкушение и неуверенность наполнили ее сердце.

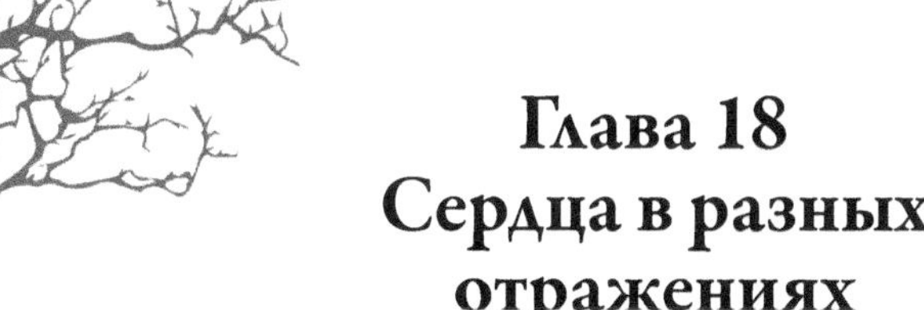

Глава 18
Сердца в разных отражениях

Когда Ли Миньи вернулась домой после встречи с ее учителем, ее сердце было полно смешанных эмоций. В ней чувствовалась глубокая радость, однако она не могла не заметить заметную перемену в его поведении, которая застала ее врасплох.

В процессе их разговора Ли Миньи замстила кокстливос звучание в голосе Ву Цзяня и игривость в его манерах. Это заставило ее щеки покраснеть от смущения и вызвало легкое беспокойство. Однако она быстро отмела эти мысли, осознавая, что развивать романтические представления о своем Шифу было бы неуместно и противоречило их текущим отношениям.

Она знала, что роль шифу в ее жизни была гораздо более значимой, чем любые мимолетные чувства между мужчиной и женщиной. Она дорожила их связью и поклялась чтить ее с непоколебимой преданностью и уважением, сохраняя их связь прочно укоренившейся в сфере наставничества и дружбы.

С другой стороны, вернувшись домой, Ву Цзян чувствовал себя совершенно иначе. Его сердце переполняла радость от встречи с Ли Миньи. Его восхищение было неизбежным, когда он видел, как она превратилась в привлекательную женщину. Она умело подчеркивала свою красоту выбором нарядов, предпочитая элегантные и изысканные наряды, которые отражали ее превосходный вкус. Каждое ее движение излучало грацию и уравновешенность, оставляя Ву Цзяня в благоговении перед ее безупречными манерами. Когда она говорила, ее голос звучал мягко и мелодично, что глубоко резонировало в нем. Ее глаза, с их глубиной и интенсивностью, казалось, вмещали целую вселенную эмоций. Ву Цзяня привлекли ее розовые губы, воплощение сладости и очарования. Но его загипнотизировала не только ее внешность; это была аура, которую она излучала, чарующая смесь уверенности, мудрости и сострадания. Каждый аспект ее существа, казалось, излучал новообретенный магнетизм, заставляющий его жаждать большего.

Ву Цзян понимал, что для того, чтобы завоевать расположение Миньи, ему нужно, чтобы его считали чем-то большим, чем просто авторитетной фигурой. Наблюдая за ней на протяжении многих лет, Он заметил ее презрение к тем, кто злоупотребляет своей властью, особенно над уязвимыми людьми. Зная это, Ву Цзян принял сознательное решение не раскрывать свое положение императорского лекаря. Он надеялся разрушить предубеждения, связанные с его должностью, и представить себя скромным и заботливым человеком, а не просто обладателем власти. Ву Цзян верил, что, завоевав ее доверие и восхищение своим характером, а не своим титулом, он получит настоящий шанс покорить ее сердце.

Ву Цзян предложил Ли Миньи работу в его столичной клинике (аптеке по совместительству), и она с радостью согласилась. Когда он с нетерпением ждал, когда она присоединится к нему, он не мог не почувствовать прилив уверенности внутри себя. На этот раз он решил не быть сдержанным учителем, которого она когда-то знала. Нет, он покажет ей другую сторону себя, наполненную силой, напористостью и оттенком игривости. С озорной улыбкой, играющей на его губах, он предвкушал грядущие дни, страстно желая приступить к этой новой главе.

Глава 19
Тихая притягательность

— Доброе утро, Шифу. Спасибо, что предложили мне эту позицию.

— Доброе утро, Мими. Я рад видеть тебя здесь. Надеюсь, ты готова к новому опыту.

— Я готова. В столице немного другая атмосфера по сравнению с деревней, Вы согласны?

— Действительно, город предлагает новые возможности и вызовы. Но я верю, что ты преуспеешь здесь.

— Спасибо, Шифу. Я сделаю все возможное. Каковы будут мои обязанности?

— Ты будешь помогать мне управлять магазином, обслуживать клиентов и заниматься изготовлением лекарств.

— Звучит здорово!

Не в силах сдержать свое рвение, он решил воспользоваться моментом и немедленно приступить к осуществлению своего плана. Со спокойной манерой поведения Ву Цзян подошел к Ли Миньи и сообщил ей, что научит ее, как вести бухгалтерский учет в магазине. Он осторожно подвел ее к столу и встал в непосредственной близости. Когда он начал объяснять детали, его мягкий и интимный голос словно плел вокруг нее пленительные узоры знаний. Однако по мере того, как близость и напряженность ситуации охватили Ли Миньи, ее охватило чувство беспокойства и нервозности. Близость их тел и интимность его тона вызвали в ней противоречивые эмоции, заставив ее сердце трепетать, а мысли колебаться. Ей становилось все труднее сосредоточиться на системе учета, ее мысли были заняты внезапным изменением их динамики.

С неожиданным рывком Ли Миньи поднялась с места, чувствуя, как нервозность проникает в каждую ее клетку. Она откашлялась, пытаясь восстановить самообладание, и заговорила слегка дрожащим голосом.

— Извините, Шифу. Я только что вспомнила, что мне нужно кое-что проверить в задней части магазина. Я сейчас вернусь.

Ву Цзян внимательно наблюдал за ней, его улыбка стала шире, когда он мельком увидел ее раскрасневшиеся щеки. Он знал, что ее внезапный уход был результатом растущего беспокойства.

— Конечно, не торось, Миньи. Мы можем продолжить позже.

Когда она спешила уйти, Миньи заметила, как смущение и волнение смешались в ее сердце. Одновременно с этим, уверенность Ву Цзяня росла, подкрепляемая осознанием того, что ее сердце билось сильнее. Он видел в этом явный признак ее притяжения к его стойкости, что только укрепляло его решимость сделать ее своей.

С новым волнением он прошептал себе, наслаждаясь моментом: «Скоро, Мими, ты будешь моей».

Он знал, что предстоит еще много работы, но он был более чем когда-либо уверен, что их судьбы переплетены, и он не остановится ни перед чем, чтобы завоевать ее расположение.

Всю следующую неделю Ву Цзян упорствовал в своих тонких заигрываниях, находя способы небрежно коснуться руки Ли Миньи или убрать ее волосы с лица под видом невинных жестов. Однако каждый раз, когда он пытался совершить такое действие, она быстро отступала, создавая барьер, из-за которого он сомневался в своих шансах завоевать ее сердце. В глубине души он понимал, что ее сопротивление коренится не в неприязни, а в непоколебимом уважении к нему.

Он восхищался тем, как Ли Миньи строго соблюдает нормы приличия, и осознавал, что она осторожно ставит границы, чтобы сохранить их отношения учителя и ученика в безопасности. Ву Цзян понимал, что ему потребуется терпение и тактичный подход, чтобы завоевать ее расположение.

С каждым их взаимодействием Ву Цзян внимательно отмечал ее реакции: блеск в ее глазах, едва заметное покраснение на щеках. Он находил утешение в этих маленьких знаках, понимая, что они указывали на глубокие эмоции, которые она испытывала по отношению к нему. В самой глубине своей души Ву Цзян сохранял свою непоколебимость.

Глава 20
Яркий фестиваль огней

Предстоящий Фестиваль фонарей вдохновил Ву Цзяня на идею пригласить Ли Миньи вместе посетить известного травника, используя это как предлог для их встречи в праздник. Он предложил ей ожидать его в причудливой чайной, окруженной цветущими вишневыми деревьями. Когда она пришла на указанное место, ее глаза расширились от удивления, увидев Ву Цзяня, который стоял там, держа в руках великолепно украшенный фонарь.

В своем изящном костюме нефритового оттенка, Ву Цзян выражал элегантность и изысканность. Роскошная ткань подчеркивала его утонченные черты и добавляла ему ухоженности. С уверенной походкой и впечатляющим внешним видом он стоял высоко, испуская непреложное очарование, привлекающее внимание всех вокруг.

Ли Миньи, чье сердце билось от подозрения, задумчиво рассматривала фестиваль фонарей и задавала себе вопросы о его значении. С легким румянцем на щеках она неуверенно произнесла:

— О, я совсем забыла, что сегодня фестиваль фонарей. Может быть, мы сначала все-таки посетим травника?

Ву Цзян с игривым блеском в глазах быстро ответил:

— На самом деле, травник сегодня тоже участвует в фестивале, поэтому не работает. Раз мы уже здесь, почему бы не насладиться прогулкой по освещенным фонарями улицам? Было бы жалко упустить такой прекрасный праздник.

Ли Миньи, колеблясь между любопытством и сомнениями, неохотно согласилась, и в их очаровательный вечер вмешались множество нерешенных вопросов, заполняющих ее разум.

Когда Ли Миньи и Ву Цзян прогуливались по веселому фестивалю фонарей, они окунулись в атмосферу радости. Они восхищались волшебными огнями, которые сияли яркими цветами, освещая ночное небо. Вместе они присоединялись к празднованию, участвуя в различных мероприятиях, таких как разгадывание загадок, написанных на фонарях.

В один момент, среди шумного множества, Ли Миньи несколько споткнулась, ее равновесие подверглось испытанию. Быстрым рефлексом Ву Цзян протянул руку и ласково схватил ее за талию, притягивая ее ближе к себе, чтобы предотвратить возможное столкновение. Время, казалось, замедлилось на мгновение, когда их тела прижались друг к другу, и их взгляды встретились в молчаливом понимании. Сердце Ли Миньи захлопнулось внутри ее груди.

В течение всего вечера они продолжали непринужденные разговоры и игривые шутки, их смех гармонично сливался с праздничной атмосферой. Они наслаждались великолепной уличной едой, радовались сладостям и даже пытались сами создать свои фонари. Каждое мгновение пронизывалось теплотой и дружеской атмосферой, словно они снова открывали друг друга на новый уровень близости.

Они стояли на берегу реки, готовясь выпустить свои летающие фонари, когда Ву Цзян обратился к Ли Миньи с озорной улыбкой.

— Мими, какое желание ты загадала? — спросил он, с любопытством мелькнувшим в его глазах.

Ли Миньи тихо засмеялась.

Я не могу сказать вам, Шифу, — игриво ответила она, — Говорят, если раскроешь свое желание, оно не сбудется.

Ву Цзян показал разочарование, но затем наклонился ближе, и его голос наполнился теплотой.

— Ну, тогда я загадаю тебе желание, — прошептал он, — Я желаю, чтобы твое желание сбылось.

Нежная улыбка пробежала по губам Ли Миньи, когда она встретила его сверкающим взглядом.

—Спасибо, — тихо пробормотала она.

На мгновение в воздухе повисла тишина, наполненная ожиданием, прежде чем Ву Цзян собрался с силами, чтобы задать вопрос, который гремел в его сердце.

— Мими, можно я начну за тобой ухаживать? — спросил он искренним голосом.

Глаза Ли Миньи расширились от удивления, ее сердце забилось быстрее. Она сделала паузу, в ее разуме разыгрался вихрь эмоций.

— Шифу, вы не можете говорить такие вещи. Неподобающе шутить на такую тему.

— Мими, я уверяю тебя, я не шучу. Мои чувства к тебе искренние.

— Но, Шифу, я собираюсь выйти замуж за Чжан Сянью.

— Если бы я мог изменить ситуацию с твоей помолвкой с Чжан Сянью, ты бы согласилась быть со мной?

— Шифу, пожалуйста, остановитесь. Я всегда рассматривала вас как дорогого члена семьи, наставника.

— Ну, знаешь, я тоже долгое время думал о тебе как о члене семьи. Может быть, как моей жене? — шутливо ответил он.

— Шифу, пожалуйста! Это не место для шуток.

Неспособная осознать неожиданный поворот событий, Ли Миньи извинилась и спешно отошла, оставив Ву Цзяня с озорной улыбкой на лице. Глубоко внутри себя он знал, что его игривое замечание вызвало в ней какую-то реакцию, даже если она не готова признать ее.

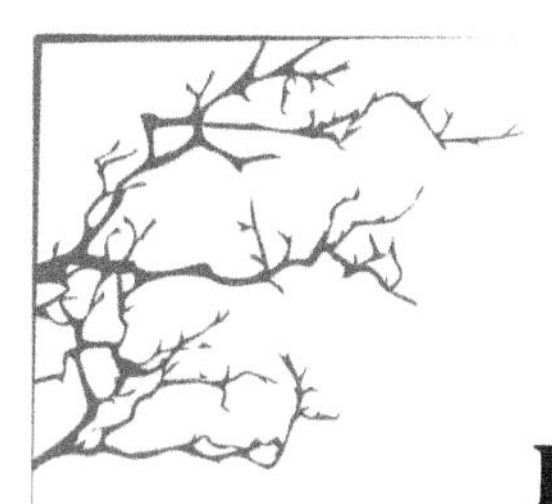

Глава 21
Незваные гости

На следующий день, ожидая прибытия Ли Миньи, Ву Цзян получил сообщение от ее посланника, уведомляющее о ее заболевании и невозможности приехать в ближайшие несколько дней.

Лежа в постели, Ли Миньи задумывалась о словах Ву Цзяня и их возможных последствиях. Она признала перед собой, что иногда чувствовала притяжение к Ву Цзяню, особенно во время их первой встречи, до того момента, когда они стали учителем и ученицей. В те ранние дни она видела в нем красивого молодого человека. Однако ее юность в сочетании с замешательством, вызванным амнезией, заставляли ее осторожничать и не строить близких отношений с кем-либо.

Как только установилась их роль учителя и ученика, Ли Миньи решительно подавила любые возможные романтические сомнения и решила рассматривать Ву Цзяня исключительно как образец для подражания и наставника. Она ценила их глубокую связь и глубоко уважала его. Теперь, после его неожиданного предложения ухаживать за ней, она ощутила волну страха. Ее тревожило, что его игривое поведение может быть вызвано влиянием развлекательного характера столицы, а не искренними чувствами.

Ли Миньи была решительна в том, чтобы не подвергать риску особую связь, которая со временем укрепилась между ними. Она сомневалась и думала, что поведение Ву Цзяня было вызвано только мимолетными искушениями, присущими столице, которые могли побудить его к кокетливости с другими женщинами. С тяжелым сердцем она решила создать определенное расстояние между ними, надеясь, что время разлуки заставит его осознать ценность их существующих отношений. Она мечтала о том, чтобы, временно удаляясь от него, Ву Цзян осознал важность их связи и, возможно, прекратил свое игривое поведение.

Ли Миньи была глубоко погружена в размышления, когда ее внезапно прервал появившийся слуга, сообщивший, что Чжан Сянью пришел навестить ее.

Ли Миньи нахмурилась, когда услышала о неожиданном визите Чжан Сянью. Ей показалось некорректным, что он явился без сопровождения, особенно в отсутствие ее родителей. Она попросила слугу передать Чжан Сянью, чтобы он подождал в приемной, и использовала этот момент, чтобы прийти в себя. Она надеялась, что присутствие слуг и официальная обстановка помогут сохранить нужные границы во время их разговора.

— Минмин, как приятно видеть тебя! Я не мог упустить такую возможность сегодня.

— Господин Чжан, почему вы называете меня Минмин? И почему вы пришли без предварительного уведомления?

— Минмин, я пришел, потому что мы скоро планируем пожениться. Мне кажется естественным навестить тебя.

— Господин Чжан, пожалуйста, не называйте меня Минмин. Мы еще не оформили помолвку, и наши родители все еще обсуждают этот вопрос.

— Не волнуйся, Минмин. Я пройду все необходимые формальности. Это только вопрос времени.

— Дело не только в формальностях, господин Чжан.

Во время их разговора в комнату в спешном порядке вошел слуга, объявивший о прибытии доктора для осмотра Ли Миньи. Ее сердце сжалось, когда она осознала, что это ее учитель, Ву Цзян. Паника проникла в ее вены, вызывая колебания в ее словах. Она воспользовалась предлогом болезни, чтобы оправдать свое отсутствие, никогда не предполагая, что ее учитель придет навестить ее лично. Мысли сбивались в ее голове, и она бросила быстрый взгляд на Чжан Сянью, надеясь, что он не заподозрит ничего неладного. Она готовилась к неизбежной встрече со своим учителем, не зная, как вести себя в этой неловкой ситуации.

— Пригласите его, — приказала она слуге.

Когда Ву Цзян вошел в комнату, его взгляд упал на Чжан Сянью. В его глазах мелькнуло узнавание, так как он уже встречал его ранее, когда навещал отца Чжан Сянью, генерала Чжан Шужэнь. Ву Цзян молча надеялся, что Чжан Сянью не вспомнит его лицо. Их предыдущая встреча была короткой, с вежливым обменом приветствиями, и Чжан Сянью оставил его и генерала наедине.

К счастью, Ву Цзян решил надеть обычную одежду, избегая официальной мантии государственного служащего. Он стал незаметным в комнате, выглядя так, будто он простой врач и обычный гость.

Когда Ву Цзян вошел в комнату, его лицо выразило знакомую смесь эмоций, которую он слишком хорошо знал. В деревне каждый раз, когда к Ли Миньи подходили потенциальные женихи, он чувствовал раздражение и гнев. Сейчас эти чувства снова овладели им, напоминая о соревновании за ее внимание и привязанность. Несмотря на его усилия сохранять самообладание, присутствие двух ухажёров разжигало в нем собственническую страсть.

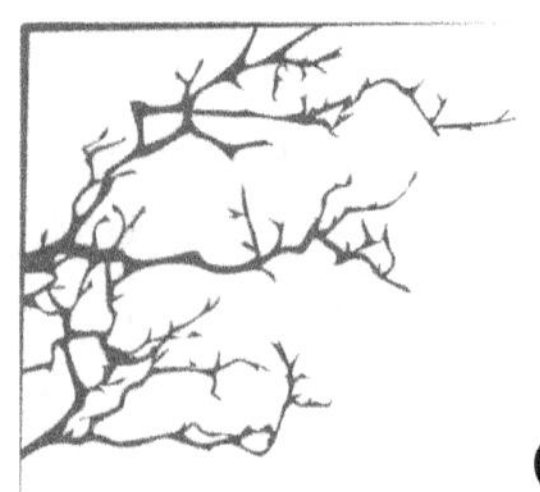

Глава 22
Соперничество

Ву Цзян: — Я слышал, что у тебя небольшое недомогание, Миньи, поэтому решил прийти и навестить тебя лично.

Чжан Сянью: — Минмин, ты заболела? А кто этот человек?

Ли Миньи: — О, это всего лишь небольшая простуда, ничего серьезного. Это мой учитель, Ву Цзян, также известный как Нефритовый Целитель в Цинмее. Он был рядом со мной и оказал мне большую помощь.

Чжан Сянью: — Понятно. Спасибо, что позаботились о нашей Минмин.

Ву Цзян: — (раздраженно) "Нашей"? Господин Чжан, давайте не делать поспешных выводов, вы еще не помолвлены. Я и Миньи всё же учитель и ученица, и я беспокоюсь о ее благополучии.

Ли Миньи: — Сянью, пожалуйста, будь учтивым с моим учителем.

Когда Ву Цзян услышал, как Ли Миньи называет своего оппонента "Сянью", его брови слегка сомкнулись в знак недовольства.

Чжан Сянью: — (защищаясь) Наша помолвка находится в процессе завершения. Нам суждено быть вместе, и нет никакой разницы между Минмин и мной.

Ву Цзян: — (решительно) Не вам решать, господин Чжан. Теперь, если вы позволите, я бы хотел поговорить с моей ученицей наедине и оказать ей медицинскую помощь.

Разочарование Чжан Сянью стало заметно, когда он устремил долгий взгляд на Ли Миньи. Его прощание со всеми сопровождалось ноткой грусти в голосе, а его разочарование было практически осязаемым.

Когда Чжан Сянью ушел, Ву Цзян с жестом указал слугам на то, чтобы они удалились, показывая свою желание поговорить со своей ученицей наедине. Ли Миньи была готова вступить в разговор, но суровый взгляд Ву Цзяня остановил ее на месте. Поняв его невысказанное предупреждение, она сдержалась от дальнейших слов и предоставила Ву Цзяню возможность обсудить вопросы в уединении. Атмосфера наполнилась напряжением, пока они стояли молча.

Взгляд Ву Цзяня на Ли Миньи был пропитан смесью гнева и ревности. В его глазах светилась сила, выражающая его внутреннее смятение, когда он с трудом старался скрыть свои эмоции. Этот пронзительный взгляд многое говорил, раскрывая его глубокое разочарование и собственническое отношение к ней.

Губы Ли Миньи приоткрылись в ожидании слов Ву Цзяня, но прежде, чем она смогла что-либо сказать, он резко приблизился к ней. Их губы соединились в страстном поцелуе, окружая их обоих вихрем невыразимых эмоций. Интенсивность их связи заглушила все остальные вопросы, затеряв их в настоящем моменте.

Когда Ли Миньи осознала реальность ситуации, она инстинктивно оттолкнула руки Ву Цзяня, настойчиво пытаясь создать расстояние между ними. Однако он настойчиво удерживал ее, не желая отпускать. Она попыталась собраться с мыслями, чтобы выразить свои слова, сказать, что это не может продолжаться, что это неправильно. Но прежде, чем она успела сформулировать полное предложение, голос Ву Цзяня разорвал воздух, прервав ее.

— Как ты смеешь называть его "Сянью" в моем присутствии, Ли Миньи? — прозвучал вопрос Ву Цзяня, его голос смешал в себе гнев и собственничество, его глаза сузились от ревности и гнева. Ву Цзян задал этот вопрос, который висел в воздухе, ошеломляя Ли Миньи и заставляя ее на мгновение потеряться в его неожиданной вспышке эмоций.

Она упорно старалась найти подходящие слова для объяснения своих чувств, но ее мысли были в полном беспорядке. Реальность ситуации тяжело давила на нее, она ощущала конфликт между своим долгом как его ученицы и растущими эмоциями к нему. Однако в тот момент, когда слова замерли на ее губах, она встретилась взглядом с Ву Цзянем. В ее глазах отражались страх, замешательство и неоспоримое ощущение чего-то большего, что было невозможно проигнорировать.

Глава 23
Выполненное обещание

Эмоции внутри Ли Миньи зашкаливали, она была потрясена и ощущала недоверие. Появление в Ву Цзяне такой злобы и собственнического поведения смутило ее. Она никогда не видела его таким раньше, и это разрушило ее представление о нем. Разрыв между его обычным поведением и напряженностью в его глазах вызывал у нее замешательство и беспокойство. Осознание, что внутри него тают такие сильные эмоции, глубоко потрясло ее, и она старалась примирить образ своего учителя с человеком, стоящим перед ней в данный момент.

Ву Цзян ненадолго выразил свое удивление на лице, когда он отошел от Ли Миньи. Он строго приказал ей прекратить любое общение с Чжан Сянью и ожидать его последующих указаний. Ву Цзян повернулся и удалился, оставив Ли Миньи стоять там, смущенной и неуверенной в том, что только что произошло между ними.

Вернувшись в свой дом, Ву Цзян ощутил нарастающую срочность и решимость. Он пришел к выводу, что больше не может ждать.

В сердце Ву Цзяня пылало страстное желание вступить в брак со своей возлюбленной, и это желание питало его решимость добиться от императора великой награды. Зная об одержимости матери императора легендарной сияющей жемчужиной, известной по слухам своей способностью восстанавливать молодость, он увидел возможность реализовать свою любовь и амбиции.

В благоприятном стечении обстоятельств, благодаря своим многочисленным связям, Ву Цзяну удалось найти Лян Сюэ, таинственной обладательнице светящейся жемчужины, которая долгие годы ускользала от матери императора. В прошлом Ву Цзян совершил опасное путешествие, чтобы спасти Лян Сюэ от наступающей опасности, проявив свою находчивость.

Благодаря своей ловкости в переговорах, Ву Цзян сумел достичь соглашения с Лян Сюэ, предоставившей ему светящуюся жемчужину в обмен на его постоянные усилия. Теперь, когда жемчужина находилась в его владении, он ждал момента, наиболее подходящего для того, чтобы подарить ее матери императора. Он знал, что исполнение давнего желания матери императора откроет ему путь к браку с его возлюбленной. Ву Цзян испытывал предвкушение, ощущая, как радость отблескивала в его сердце, заряжая его стремление достичь собственного счастья и получить одобрение императорской семьи.

На следующий день Ву Цзян попросил аудиенции у вдовствующей императрицы и подарил ей светящуюся жемчужину. Охваченная радостью, вдовствующая императрица пообещала исполнить любое его желание. Пораженный быстротой возможности, Ву Цзян смело потребовал главного приза — брака между ним и Ли Миньи, дочерью Ли Гуана, министра юстиции.

Просьба имела глубокое значение, так как она не только объединяла две семьи, но и укрепляла их взаимоотношения. Вдовствующая императрица, привлеченная смелостью и настойчивостью Ву Цзяня, внимательно рассматривала его просьбу, осознавая потенциальные выгоды, которые она могла принести.

Вдовствующая императрица опасалась, что Ли Гуан, будучи высокопоставленным министром, устроит брак своей дочери с другим влиятельным министром, который потенциально может представлять угрозу авторитету императора. Ву Цзян, хотя и занимал престижную должность, не имел значительного политического влияния, что делало его идеальным выбором. Исполнив брак между Ву Цзянем и Ли Миньи, вдовствующая императрица могла обеспечить защиту своих интересов, поскольку ограниченное политическое влияние Ву Цзяня свело бы к минимуму шансы на то, что он станет политическим соперником. Это может быть стратегическое решение для защиты стабильности императора и поддержания баланса сил при дворе. Вдовствующая императрица согласилась на это предложение.

Сердце Ву Цзяня наполнилось радостью и облегчением, когда он осознал, что его план осуществился и у него будет возможность вступить в брак с женщиной, которую он искренне любит.

— Ваше Величество, я за очень благодарен за Ваше согласие. Однако у меня возникла еще одна скромная просьба. Я любезно прошу Вашего разрешения провести свадебную церемонию между мной и Ли Миньи в это воскресенье, которое знаменует собой благоприятную дату согласно нашим традициям.

Вдовствующая императрица сначала была ошеломлена просьбой о такой быстрой свадебной церемонии, но затем на ее губах появилась улыбка.

— Хорошо, Ву Цзян, я согласна исполнить твою просьбу.

Глава 24
Переплетение судеб

В тот же день указ Вдовствующей Императрицы был быстро доставлен в дом министра Ли Гуана. Внутри документа содержалось официальное одобрение свадебной церемонии между Ву Цзянем и Ли Миньи.

С осторожным ожиданием жители дома министра Ли Гуана перечитывали указ вдовствующей императрицы. Однако к их удивлению, в указе не было упоминания о личности Императорского Лекаря, за которого должна была выйти Ли Миньи. Это оставило их в замешательстве. Отец Ли Миньи, принявший указ, спешно начал расследование, чтобы раскрыть загадку, кто же на самом деле стоит за этой тайной личностью при дворе. Тем временем, мать Ли Миньи усердно занималась множеством дел, связанных с подготовкой к предстоящей свадьбе, чтобы обеспечить безукоризненное празднование.

Когда Ли Миньи узнала о содержании указа, она была охвачена разочарованием и шоком. Ей было трудно поверить, что ее выдают замуж за совершенно незнакомого человека.

Пусть у Ли Миньи не было романтических чувств к Чжан Сянью, но мысль о том, что он не осведомлен о происходящем, вызвала у нее еще большее беспокойство. Он ушел из столицы, чтобы помочь своему отцу-генералу, и узнает о свадьбе только после ее совершения.

Тем не менее, ее главной тревогой были мысли о ее учителе Ву Цзяне. Она была глубоко обеспокоена его реакцией и опасалась, что он может принять радикальные меры. Их предыдущая встреча потрясла ее, и она не могла предугадать, как он справится с таким неожиданным поворотом событий.

Избегая возможной реакции Ву Цзяня, Ли Миньи приняла сложное решение не приглашать его на свадьбу. Вместо этого она задумала написать ему письмо-приглашение и притвориться, что слуги не успели доставить его вовремя из-за спешки событий. Она надеялась, что это смягчит удар и поможет избежать конфронтации до завершения свадебной церемонии.

Ли Миньи осознавала, что побег не является реальным вариантом, поскольку несоблюдение королевского указа привело бы к неминуемой гибели ее семьи. Это осознание полностью определило ее судьбу, и она приняла тяжелое решение выйти замуж за незнакомца. Она понимала, что последствия отказа будут настолько ужасными, что их невозможно будет пережить.

В день свадьбы Ву Цзян ощутил, как волнение накатывает на него. Ему было трудно поверить, что момент, которого он так долго ждал и который одновременно пугал его, наконец-то наступил. Реальность ситуации казалась ему ошеломляющей.

В день свадьбы Ву Цзян прибыл в дом невесты, чтобы забрать Ли Миньи. Он был полон предвкушения, ожидая ее у входа дома ее родителей. Когда она, наконец, появилась, его взгляд был мгновенно пленен ее изящной фигурой. Великолепное красное свадебное платье, украшенное сложной вышивкой, символизировало удачу и радость. Тонкая вуаль, закрывавшая ее лицо, добавляла таинственности. Ли Миньи была великолепно сопровождена до паланкина, и Ву Цзян, испытывая гордость, взял ее под свою опеку и направился в свой дом.

По прибытии к месту назначения было подготовлено церемониальное пространство. В кругу своих близких они выполнили три торжественных поклона, символизируя связь своего союза перед своими предками и божествами. С каждым поклоном их связь друг к другу должна была стать сильнее. Когда они совершили последний поклон, они были официально провозглашены мужем и женой, что ознаменовало начало их совместного пути.

Весь вечер Ву Цзян занимался обслуживанием гостей. В то же время Ли Миньи терпеливо ожидала его в их комнате, чувствуя смесь страха и нервозности в своем сердце. По мере того как последний гость ушел, а ее родители также ушли, Ву Цзян ощутил нарастающее напряжение. Воспользовавшись моментом для того, чтобы собраться с мыслями, он остановился перед дверью комнаты, сделал глубокий вдох, чтобы успокоить свое быстро бьющееся сердце, прежде чем, наконец, войти внутрь.

Ву Цзян осторожно снял вуаль, которая скрывала лицо Ли Миньи, и его глаза широко раскрылись от благоговения и удивления. Ли Миньи стояла перед ним, излучая сияние и очарование. Ее черты были исключительно изящными и элегантными. В ее глазах, сверкающих, словно звезды, зияла глубина, которая пленяла его душу, а алые губы, нежно изогнулись в красивую улыбку.

Потрясенный увиденным, Ву Цзян не мог поверить, что эта очаровательная женщина теперь его невеста. Это было похоже на сбывшуюся мечту после многих лет тяжелых усилий, внутренней борьбы и бесчисленных препятствий. Он преследовал эту любовь с непоколебимой решимостью, никогда не колеблясь в своей вере в то, что им суждено быть вместе.

Взглянув ей в глаза, сердце Ву Цзяня переполнилось глубоким чувством благодарности и радости. Годы тоски, самоотверженности и неустанного стремления наконец привели его к этому не передаваемому моменту, когда он стоял перед женщиной, которая полностью покорила его сердце.

Сердце Ли Миньи колотилось от тревоги, в предвкушении момента, когда жених снимет с нее вуаль. Она ощущала страх перед неизвестным, представляя себе возможные ужасы, которые могли её ожидать. Однако, когда Ву Цзян аккуратно снял вуаль, Ли Миньи была абсолютно ошеломлена видом, который предстал перед ней. Ее глаза расширились от удивления.

В ее разуме собрались множество вопросов, стремящихся найти выход, но единственное, что смогла произнести, было: «Шифу!»

Конец Первой Части

www.ingramcontent.com/pod-product-compliance
Lightning Source LLC
Chambersburg PA
CBHW050600160726

48003CB00002B/980